KB106559

마흔,

마음 공부를
시작했다

삶의 변곡점에서
늦기 전에 나를 되찾다

김병수 지음

마흔,
마음 공부를
시작했다

전에 없던 관계와 감정의 혼란에 대하여

더퀘스트

이제 곧 마흔이 될 서른과,
마음은 아직도 서른인 마흔에게

마흔에게 고통은 필수입니다. 중년의 삶이 순탄할 리 없습니다. 그러니 지금 행복하지 않다고 기죽을 필요 없습니다. 쉽게 행복을 느낄 만큼 현실은 녹록하지 않기 때문입니다. '나는 지금 행복하다'고 목소리 높이는 사람을 부러워하지 마세요. 행복을 외치는 이의 실제 삶을 들여다보면 수많은 괴로움으로 점철되어 있을 것이 분명합니다.

미국의 저명한 심리학자 어빈 얄롬Irvin Yalom이 심리치료와 실존주의 철학을 접목하여 집필한 심리학 명저《실존주의 심리치료Existential Psychotherapy》를 보면 이런 이야기가 나옵니다. 오십 년간 고해성사를 받아온 신부님에게 "오랫동안 내밀한 사연을 들으면서 깨닫게 된 점이 있다면 무엇인가요?"라고 물었더니 이런 답이 돌아왔다고 합니다. "우선 사람은 자신이 생각하는 것보다 훨씬 더 불행한 존재라는 것, 그리고 그보다 더 근본적인 사실은 성숙한 사람은 없다는 것, 두 가지입니다."

긍정적인 마음을 잃지 말라는 충고도 쉽게 받아들일 수 없습니다. 인간은 자신에게 주어진 가혹한 현실을 밑바닥까지 겪은 뒤에야 비로소 삶을 긍정할 수 있는 법이니까요. 낙관적 태도는 삶에서 선험적으로 갖춰야 할 조건이 아니라 고통 뒤에 얻게 되는 사후적 가치입니다.

중년이 되면 에난티오드로미아Enantiodraomia라는 심리 현상이 일어납니다. 에난티오드로미아에서 에난티오스Enatios는 '반대 방향'이라는 뜻, 드로모스Dromos는 '달리기 경로'를 뜻합니다. 중년이 되면 심리적 에너지가 이전과 다른 방향으로 작동하며 마음의 축을 흔들어놓습니다.

감성은 연약한 자의 전유물이라고 폄훼하고 이성에만 의지하던 사람이 마흔이 넘어서 낭만과 로맨스를 찾아 방황합니다. 논리와 합리를 금과옥조로 삼던 사람이 멜로 드라마에 눈물을 흘립니다. 사고형 성격이 감정형으로 변하는 것이지요. 북적이는 사람들 속에서 에너지를 얻던 외향형 사람이 중년이 되자 혼자 있기를 좋아합니다. 나이가 들어갈수록 비평과 분석으로 답을 얻기보다 직관을 따르게 됩니다. 완벽을 향한 충동은 불완전성에 대한 수용으로 바뀝니다. 모순을 억지로 풀려고 하기보다 대극을 품고 가려는 태도가 나타납니다. 이 모든 현상이 마흔과 마흔 이후의 마음에서 자연스럽게 일어나는 변화들입니다. 그야말로 중년은 전환의 시기입니다.

마흔은 상실의 시간입니다. 이루지 못한 꿈을 떠나보내야 합니다. 과거의 성공도 놓아주어야 할 때입니다. 결혼생활에서 낭만은 사라집니다. 사랑하는 가족이 곁을 떠나고 헌신했던 직장에서 밀려나고 우정도 퇴색합니다. 미래는 무섭고 과거는 아득하게 멀어져 시간의 흐름 안에서 길을 잃습니다. 야망은 힘을 잃고 자존감은 무너집니다. 아무리 몸부림쳐도 막을 수가 없습니다. 상실을 못 받아들이고 과거를 붙들고 억지 부린다면 그야말로 최악입니다. 상실에서 비롯되는 자아의 재탄생을 목도해야 하는 시간이 바로 마흔입니다.

중년이 괴로운 것은 전환과 상실을 온몸으로 받아들여야 하기 때문입니다. 전환은 두려움이라는 감정과 짝을 이뤄 찾아옵니다. 상실은 슬픔을 몰고 오죠. 슬픔과 두려움은 중년의 당연한 감정입니다. 중년의 삶이란 슬픔과 두려움을 끌어안고 앞으로, 또 앞으로 나아가는 것이어야 합니다. 자연스러운 전환과 상실의 고통을 거부하면 우울과 불안이 망령처럼 따라붙습니다. 갑작스레 찾아온 공황에 충격받고 공허감을 못 이기고 무너져내립니다.

제게도 중년은 힘겨운 시간이었습니다. 지금도 여전히 매일매일 훈련에 훈련을 거듭하고 있습니다. 내일모레가 오십이라는 사람이 아직도 여물지 않았냐며 한심하게 여겨도 어쩔 수 없습니다. 길고 짧거나 크고 작은 시련을 거치며 저의 정체성은 깎여 나갔습니다. 노력이 보상받지 못하고 타인의 오해를 사고 어설픈 말에 속아 넘어가고 피할 수 없는 고통을 겪으면서 저라는 사람은 지금도 변해가고 있습니다. 비록 한 번뿐인 삶이지만, 마흔을 통과하면서 우리는 두 가지 인생을 살게 됩니다. 마흔 전과 마흔 후의 나는 서로 다른 나입니다.

불안증과 우울증에 시달리는 중년 환자들을 오랫동안 상담하고 치료하면서 그들이 어떤 마음을 가져야 심리적으로 건강할 수 있는지 알려주고 싶었습니다. 청년이 가져야 할 마음 자세와 중년의 그것은 분명 다릅니다. 당연히 심리 공부의 주제와 목표도 마흔 이전과 이후는 달라야 합니다. 이제 곧 마흔이 되는 서른이 중년 심리를 예습했으면 하는 바람을 담아 글을 쓰고 엮었습니다. 동시에 마음은 아직도 서른에 머물러 있는 마흔을 위한 이야기들도 이 책에 담아두었습니다.

마음의 문제에는 선명한 해법이나 단순한 원리가 없습니다. 마흔의 마음 공부에는 수학의 정석 같은 매뉴얼이 존재하지 않습니다. 이 책에는 "내 말을 따라 살면 행복해질 수 있어요!"라는 허망한 주장은 들어있지 않습니다. 누군가가 당신을 향해 "나는 지혜로운 사람이니 내 말을 들으라"고 하면 손사래 치며 거부하십시오. 타인이 거쳐간 길은 그것이 아무리 좋고 옳아 보여도 절대로 내 것이 될 수 없습니다. 마흔의 마음 공부는 이 세상에 단 하나뿐인 진정한 나를 찾아가는 길이어야 하기 때문입니다.

　　마흔을 위한 마음 공부의 핵심은 상실의 고통을 끌어안고 전환의 의미를 이해하는 것입니다. 이미 이 두 가지를 뼈저리게 경험한 뒤에 통찰까지 얻었다면 이 책을 읽지 않아도 됩니다. 그럴 필요가 없습니다. 진정한 자기를 완성해나가기 위해 주어진 삶에 헌신하는 것, 그것으로 충분하니까요.

2019년 가을
교대역 사거리 작은 의원에서
김병수

차례
/

3 ── 인간은 점점 더 추운 곳을 향해 걸어가는 여행자다 ── 관계 공부

1

흔들리지 않고 피어나는 마흔은 없다

생각 공부

나만
힘들다는
착각

　대한민국을 살아가는 이 시대의 중년이 몇몇 유명인사가 하는 말처럼 삶을 즐길 수 있을까요? 한시도 긴장을 풀 수 없는데, 마흔의 삶이 축제가 될 수 있을까요? 중년은 끝이 보이지 않는 전쟁입니다. '이제 끝났겠지' 하며 안도하는 순간 총알이 사방에서 날아듭니다. '이제 지쳤어. 그만하고 싶어!'라고 외치고 싶지만 '여기까지 어떻게 왔는데, 이렇게 무너질 수 없어!'라며 마음을 다잡습니다. 다시 총알을 장전하고 전쟁터로 나갑니다.

　마흔이 되면 마음이 자연스레 단단해질 것 같지만 그렇지 않습니다. 이른바 연예인병, 잘나가는 사람이나 걸리는 병이라는 공황장애는 40, 50대가 제일 많이 걸립니다. 저를 비롯한 모

15

든 중년은 스트레스와 정신적 고통에서 절대로 자유로울 수 없습니다.

중년은 가속 페달을 몇 번씩 밟아줘야 시동이 걸리는 중고차 같습니다. 출근해서 커피를 한 사발 넘기지 않으면 피곤도 달아나지 않습니다. 다음 날 숙취를 생각하면 술도 무서워집니다. 강철 같던 마음이 실바람에도 흔들리죠. '나는 아니다. 아직도 쌩쌩하다'고 목소리를 높이는 이도 있겠지만 누구도 중년의 사춘기를 피해갈 수 없습니다.

그러다 보면 공허함이 밀려듭니다. 내담자 한 분이 이렇게 말하더군요.

"인생은 도박 같습니다. 잠시 돈을 땄는가 싶으면 어느새 다른 사람한테 가 있죠. 도박이나 인생은 끝까지 가봐야 압니다. 그런데 마지막에는 돈 벌었다는 사람이 한 명도 없습니다. 인생도 도박도 모두 빈손으로 떠나야 하니까요."

갖은 고생을 하며 살아왔는데 아무도 몰라준다며 인생 헛살았다고 가슴을 칩니다. 이 나이에 더 이상 어떻게 해볼 것이 없다며 좌절감에 젖습니다. 온갖 시련이 어깨동무하고 찾아옵니다. 언제나 곁에 계실 것 같은 부모님은 돌아가시고 자기 건강도 예전 같지 않습니다. 이른 죽음을 맞이한 친구도 한두 명 있게 마련입니다. 죽음이 눈앞에 다가와서 섬뜩해집니다.

그러다 보니 세상에 자기만큼 힘든 사람은 없다거나 세상의 고통은 오직 자신만 짊어지고 가는 듯한 착각에 빠져 있는 사람도 있습니다. 절대로 그렇지 않습니다. 중년의 속살을 들여다보면 누구나 피가 철철 흐르는 생채기를 갖고 있습니다. 충격을 받고 아픔이 찾아왔을 때 우리는 그것을 자신에게만 생기는 일처럼 여깁니다. 내가 부러워하는 어떤 사람이 있다 하더라도 그 속을 들여다보면 나와 별반 다르지 않습니다. 인간이라면 괴로울 수밖에 없습니다.

삶은 고통입니다. 누구나 상처 입고 고달픔을 맛봅니다. 세상에 나만큼 힘든 사람 없다는 말은 함부로 내뱉을 게 못 됩니다. 세상 고통 혼자 짊어진 것처럼 굴면 철부지 소리 듣습니다. 마흔이 되어도 상처받고 깨지기 쉬운 나약한 존재라는 것이 인간의 숙명이니까요.

나이와
지혜는

비례하지
않는다

고대 그리스 시민들은 50세가 되어야 배심원이 될 수 있었습니다. 중년이 되어야 비로소 사물에 대해 지혜롭게 판단할 수 있다고 믿었기 때문이죠. 으레 나이가 들수록 자연스럽게 지혜로워질 것이라고 여기지만 사실은 그렇지 않습니다. 나이와 지혜는 비례하지 않습니다. 연령에 따라 지혜가 깊어지는지 연구한 결과들을 보면 이 둘 사이에는 아주 작은 상관성만 존재한다는 것을 알 수 있습니다.

지혜를 정의하기는 어렵습니다만 지혜를 주제로 한 심리학 연구들은 다음과 같은 특성이 풍부한 사람일수록 지혜가 크다는 사실을 밝혀냈습니다. 우선 아는 것이 많아야 합니다. 사실과 절차, 삶의 기술에 대한 지식을 충분히 갖고 있어야 합니다. 세상과 사람을 평가하는 가치들에 대해 절대적으로 무엇이 더 좋고 나쁘다고 단정하는 것이 아니라 각자 상대적 중요성을 갖는다는 것을 인정하는 자세도 지혜의 중요한 특성입니다.

또한 삶의 불확실성과 예측 불가능성을 견뎌낼 수 있어야 합니다. 한 가지 고정된 관점이 아닌 다양한 시선으로 삶과 사람을 볼 수 있어야 합니다. 자의식에 빠지지 않고 한 걸음 떨어져서 자신을 관찰할 수 있어야 합니다.

지혜로운 사람은 공감 능력이 뛰어나고 정서적으로 평온하며 자신과 타인의 감정을 올바르게 지각하고 받아들일 줄 압니다. 긴 시간의 흐름 속에서 세상만사가 변해가는 것을 바라볼 수 있는 안목이 있습니다. 살면서 겪게 되는 수많은 사건이 짧은 순간 고통을 주지만 그것이 인생이라는 큰 그림에서 없어서는 안 될 요소라는 걸 잊지 않습니다.

안타깝게도, 이런 지혜의 속성들을 두루 갖춘 사람은 전체 인구의 5퍼센트에 지나지 않는다고 합니다.

> 생각 공부 <

폭주
기관차의

말로

　맹렬한 기세로 달려가면 남들보다 빨리 목적지에 도착할 수 있을 것 같았습니다. 다른 사람들을 앞지르고 더 많은 것을 얻을 것 같았죠. 하지만 어느 순간 정신을 차리고 보니 이것이 진정 내가 원했던 것이 맞나 하는 생각이 들었습니다. 열심히 사다리를 타고 올랐는데 이제 와서 아니라고 한들 갈아탈 수도 없습니다. 그간 들였던 노력과 시간을 생각하면 멈출 수 없는 것이지요.

　대기업을 다니다 퇴직한 한 내담자의 이야기입니다.

　"굳이 정해진 시간에 일어나지 않아도 되는데 지금도 출근 시간에 맞춰 새벽에 눈이 떠져요. 그런데 눈을 뜨자마자 쓸데없는 생각으로 머릿속이 꽉 차죠. 애꿎은 골프 채널 틀어놓고 해가 뜨기를 기다리는데 시간은 왜 그리 더디 가는지. 20년의 세월이 통장에 찍힌 퇴직금 숫자로 바뀌었구나 싶어 서러웠습니다. 이게 내가 원했던 삶이었나 하는 생각이 들더군요."

가족을 위해 돈 벌고 회사에 충성하고 거창하게는 나라 경제에 이바지했다는 칭찬을 들어도 허망하기는 매한가지입니다. 그렇다고 이제 와서 새로운 도전을 하는 것도 여의치 않습니다. 위험도 생각해야 하지만 무엇보다 자신에게 남아 있는 시간과 에너지가 예전 같지 않으니 자신이 없습니다. 되돌릴 수도 없고 앞으로 나아갈 수도 없으니 벼랑 끝에 선 심정이라는 것입니다.

다른 내담자는 이런 이야기를 했습니다.

"사업에 크게 실패한 적이 있습니다. 그때는 나 자신보다 나 때문에 피해를 입은 다른 사람들에게 미안해서 자살까지 시도했습니다. 죽으려고 수면제를 100알 정도 먹었어요. 그런데 죽지 않고 일어났습니다. 눈을 떠보니 어지럽고 정신이 없었습니다. 방 안을 둘러보니 술병들이 나뒹굴더군요. 방바닥에 쓰러진 내 모습이 거울에 반사되어 보였어요. 이게 나인가? 이것밖에 안 되나? 이렇게 죽었다면 내 시신을 치울 때 사람들이 뭐라고 할까? 이렇게 죽으면 부끄러워서 눈도 못 감을 것 같았습니다."

쩌렁쩌렁하게 울리는 목소리만 들으면 이런 과거가 있는 사람이라고는 상상조차 할 수 없었습니다. 그의 목소리에서는

남부럽지 않게 살고 있다는 당당함이 느껴지지 자살이라는 단어는 도저히 연상되지 않았습니다. 죽음에 가까이 갔다 돌아온 이들은 그전과는 다른 가치관을 갖게 됩니다. 삶을 더 큰 그림으로 보지요. 자살 시도 경험이 그에게 회심의 기회가 되었고, 그는 절망의 순간에서 삶의 소중함을 깨달았습니다.

인생은 목적지가 정해진 경주입니다. 죽음이라는 최종 종착지 말입니다. 죽음을 느끼는 순간, 자신을 돌아보게 됩니다. 지금껏 걸어왔던 길이 애초에 내가 원하던 그것이 맞는지, 제대로 살아왔는지, 진정으로 원했던 건 다른 곳에 있는 건 아닌지, 하고 말이지요. 시간은 그렇게 우리를 벼랑 끝으로 내몰기도 합니다. 때문에 중년이 되어 느끼는 절망감과 위기감은 누구나 느낄 수밖에 없는 정상적인 감정입니다.

어쩌면
당신도

그레고르
잠자

　프란츠 카프카Franz Kafka의 《변신Die Verwandlung》은 현대인의 실존적 위기를 적나라하게 보여주는 소설입니다. 주인공 그레고르 잠자는 어느 날 아침 불안한 꿈에서 깨어나 보니 단단한 등껍질과 가느다란 다리가 수도 없이 달린 벌레로 변해 있습니다. 벌레가 되기 전, 그레고르 잠자는 가족의 생계를 책임지는 가장이었습니다. 무능력하고 고집스러운 아버지를 부양했고 여동생의 학비를 책임졌을 뿐 아니라 그녀의 미래까지 준비해야 했습니다. 아파도 군말 없이 출근하는 성실한 가장이었습니다. 벌레가 되어버린 그레고르 잠자는 미움받는 존재로 전락합니다. 심지어 가족들은 그가 죽어 없어져버렸으면 하고 바랍니다.

소설의 말미에서 그레고르 잠자는 절망과 소외 속에서 죽어갑니다. 그가 죽자 가족은 벌레가 된 그레고르의 시체를 앞에 두고 "자, 이제 하나님께 감사를 드려야겠다"고 기도하며 오랜만에 화사한 봄볕을 받으며 교외로 소풍을 떠납니다.

사업을 하는 중년 남자 이야기입니다.

"잠을 잘 수가 없어요. 분하고 억울해서. 도대체 어떻게 나를 이렇게 취급할 수 있는지."

그는 상담실 의자에 앉자마자 흥분한 목소리로 말을 쏟아냅니다. 명문대를 나온 그는 대기업에 입사해서 남들보다 훨씬 이른 나이에 임원이 되었습니다. 그 뒤로 회사를 나와 자기 사업을 해서 큰돈을 벌었습니다. 인생이 순탄하게 흘러간다고 느낄 때 위기가 찾아오는 법이죠. 그가 운영하는 회사의 이사 한 명이 자신을 비리 혐의로 고발했고 2년 동안 법적인 다툼이 이어졌습니다. 그러는 동안 모아둔 재산은 거의 다 날아가고 사업체도 다른 사람에게 넘어갔습니다. 지금은 그 문제는 일단락되고 안정을 되찾은 상태입니다. 그런데 다른 문제가 생겼습니다.

"한동안 바빠서 집에 들어가지 못했습니다. 그런데 어느 날 집에 와보니 아내와 가족이 보이지 않더군요. 집 안에 정적이 흘렀습니다. 혹시나 하는 마음에 옷장을 열어보니 아내와 아이들 옷이 없더군요. 가슴이 쿵 하고 무너져내렸습니다. 지금껏 열심히 살아왔는데 전부 잃고 나니까 가족마저 나를 버렸습니다. 잠도 오지 않고 가슴에서 불이 치밀어오릅니다."

또 다른 중년 내담자의 이야기입니다.

"퇴직하고 자신감이 많이 떨어졌는데 집에 있을 때 더 심해요. 가족들이 은퇴한 나를 떠받들어줄 거라고는 기대조차 하지 않았어요. 하지만 이 정도일 줄은 몰랐죠. 아내는 화장실에서 오줌 흘렸다며 잔소리를 해요. 딸은 내가 고리타분하다면서 대화조차 하지 않죠. 아내는 밖으로 나가라고 해요. 나가서 바둑 두지 왜 다른 가족들 텔레비전도 못 보게 죽치고 앉아 바둑 채널만 보느냐면서요. 혼자 밥 차려 먹는 연습을 하라고도 해요. 퇴물이 되니까 다들 나를 무시하는 거죠. 회사에서도 쓸모없어져서 쫓겨난 것 같은데 집에서까지 거추장스런 존재가 되었구나 싶어 비참해요."

벌레로 변하기 전 그레고르 잠자의 유일한 관심은 가족이었습니다. 동료들보다 더 열정적으로 일했고 승진도 빨랐습니다. 그레고르 잠자는 벌레로 변신하기 전부터 벌레처럼 일했습니다. 하지만 가족들은 그의 희생을 당연시하면서 고마워하지 않았습니다. 벌레로 변한 뒤에도 그레고르 잠자는 '그래도 가족이 편한 건 모두 다 내가 열심히 일한 덕택이다'라고 잠시 자부심을 느끼기도 하지만 이 생각은 오래가지 못합니다. 여동생은 이렇게 말합니다.

"아빠, 엄마! 더 이상 이렇게 살 순 없어요. 두 분은 어떠신지 모르겠지만 저는 깨달았어요. 저는 저런 괴물 앞에서 오빠의 이름을 입 밖에 내고 싶지 않아요. 그러니까 제가 말씀드리고 싶은 건 오직 한 가지, 우리가 저것에서 벗어나야 한다는 거예요. 우리는 그동안 저것을 돌보고 참아내기 위해 인간으로서 할 수 있는 일은 다 해봤어요. 우리를 조금이라도 비난할 수 있는 사람은 아무도 없을 거예요."

가족들은 이 말에 동의하며 말합니다. "저 아이 말이 백번 옳아." 소설이 현실과 평행이론처럼 닮아 있어 섬뜩한 느낌마저 듭니다. 벌레로 변신한 그레고르 잠자와 내가 상담했던 중년 남자들이 다를 것 없어 보였습니다.

우리 주변에는 그레고르 잠자와 같은 사람들이 꽤 많을 겁니다. "나는 돈 벌어오는 기계 같아요. 밖에서 고생하다 집에 돌아왔는데 내 편이 아무도 없어요. 집에서 내가 결정할 수 있는 것은 없습니다. 내가 아니어도 돈만 있으면 우리 가족은 잘 살 것 같아요"라는 말을 흔히 듣습니다.

그레고르 잠자처럼 되지 않으려면 평소에 더 많이 소통하는 길밖에 없습니다. 가족을 아무리 사랑해도 표현하지 않으면 진심이 전달되지 않아요. '나중에 조금 더 편해지면 그때 가서 가족과 더 많은 시간을 보내야지. 지금은 몰라도 언젠가는 내 진심을 알아주겠지'라는 마음으로 미루면 나중에는 벌레처럼 소통 불가능 상태가 될지도 모릅니다.

> 생각 공부 <

나만의
공간은
필요하다

카스파르 다비드 프리드리히Caspar David Friedrich의 미술작품 〈안개바다 위의 방랑자Wanderer above the Sea of Fog〉를 좋아합니다. 검정 망토를 걸친 남자가 안개가 자욱한 바다를 보고 있습니다. 그림의 풍경은 현실 세상을 상징하는 것 같습니다. 어디를 보아도 안개에 둘러싸여 무엇 하나 뚜렷하게 보이지 않습니다. 그림 속 바위들이 불확실하고 위험한 사회를 상징적으로 보여주는 듯합니다. 그림 속 남자는 바위 위에 서 있습니다. 높은 자리를 차지한 듯 보이지만 편하게 자기 몸을 둘 곳은 없습니다. 그가 편히 속할 자리는 어디에도 보이지 않습니다. 높은 곳에서 멀리 보고 길게 보고 있지만 고독하고 외로워 보입니다.

40대 중반의 은행원 이야기입니다.

"애들은 유학 보냈습니다. 공부를 곧잘 하는 첫째는 유학을 가고 싶다고 자기가 먼저 말하더군요. 성적이 좋지 않은 둘째는 한국에 있으면 서울 안에 있는 대학은 못 가겠다 싶어 형하고 같이 미국으로 보냈지요. 집에는 아내와 저만 있습니다."

직장을 다니는 아내는 월급이 자신보다 많다고 했습니다. 서울에 있는 50평대 아파트에 사는 그는 집에 자기 서재도 있고 자녀들도 다 유학 가서 빈방도 있는데 주말만 되면 PC방에 간다고 했습니다.

"왜 그러는지 저도 모르겠어요. 집에 있으면 불안하고 안정이 안 돼요. 아내와 단둘이 있으면 사이가 나쁜 것도 아닌데 서먹하고 불편해요."

마흔이 넘어서도 컴퓨터 게임을 즐기는 그에게 아내는 나잇값 좀 하라고 핀잔합니다. 그럼에도 그는 PC방을 끊지 못합니다.

"PC방에 가면 눈치 볼 필요 없잖아요. 나에게 이래라저래라 명령하는 사람도 없고 간섭하는 사람도 없어요. PC방에서 비로소 나를 되찾는 듯해요."

넓은 집을 두고 PC방에서 안락함을 느끼는 40대 남자의 모습을 상상해보니 애처롭게 느껴졌습니다. 그는 자신의 처지에 대해 이렇게 말하더군요.

"집에는 내 마음을 편히 놓을 자리가 없어요. 어쩌면 저는 늘 제가 속할 어떤 자리를 세상 속에서 찾고 있는지도 모르겠어요."

공간은 인간의 삶을 투영합니다. 한 사람을 이해하기 위해서는 그가 속한 자리에 대한 묘사를 잘 들어봐야 합니다. 그곳에서 어떤 느낌이 드는지 들어야 합니다. 그가 차지하고 있는 물리적 공간에 대한 이야기가 그의 삶을 더 정확하게 보여줍니다. 결혼을 공간의 관점에서 다르게 정의하면 부부가 공유할 공간을 선택하는 행위라고 할 수 있습니다. 크든 작든 화려하든 누추하든 상관없습니다. 진정으로 내가 뿌리 내리고 속한 곳이라고 느껴야 합니다. 그곳에서 특별한 존재로 존중받는다고 느낄 수 있어야 하죠. 인격적인 관계를 맺을 수 있는 공간이 필요합니다. 자신의 자리가 없다고 느끼면 근원적 불안에 시달리고 자신의 공간을 찾아 끊임없이 방황하게 됩니다.

우울증을 앓던 중년 남자는 자신의 질병에 대해 이렇게 말했습니다.

"퇴근하고 집에 오면 아내가 없어요. 아내는 즐기며 살겠다고 밖으로 돕니다. 큰아들도 컸다고 밤늦게까지 친구 만나고 돌아다녀요. 딸은 학원 갔다 늦게 돌아오고요. 퇴근하고 오면 아무도 없어요. 어두운 집에 불 켜고 들어오는 첫 번째 사람이 저예요. 그때 기분이 얼마나 처량한지 아십니까? 아무도 없는 집에서 혼자 라면 끓여 먹을 때는 정말 외롭습니다."

자기 자리라고 여겼던 공간에서 거부당하면 트라우마를 입습니다. 존재 기반을 잃어버립니다. 인격이 통째로 무시당하는 겁니다. 애초에 어머니의 자궁에 자기 자리를 갖고 있던 인간은 태어나면서 그것을 잃습니다. 그 이후의 삶은 잃었던 자기 공간을 찾기 위한 투쟁이라고 말할 수 있습니다. 출생 후 어디에도 속할 수 없게 된 존재가 자기 자리를 되찾기 위해 몸부림치는 것이지요.

슬픈 현실은 자신을 위한 공간을 얻지 못한 채 사회에서 소외된다는 거예요. 물리적 공간뿐 아니라 심리적 공간에서도 말이죠. 심지어 가정에서도 소외됩니다. 불안에 시달리는 사람이 많아진 것도 자신을 위한 자리가 없다고 느끼기 때문입니다.

실존은 '거기에 있음'입니다. '거기'란 하나의 자리, 공간입니다. 자신이 속해야 할 공간에서 평화를 느낄 수 있다면 그곳이 세상 그 어디라도 안정감을 느낍니다. 이곳저곳으로 옮겨 다녀도 두렵지 않습니다. 어떤 곳에서도 정체성을 잃지 않습니다. 인간의 자리는 정체성의 표상입니다. 존재한다는 것은 어떤 장소, 즉 다른 누군가가 자신을 인정해주고 존중해주는 공간을 갖는 것입니다. 마음의 자리를 누군가와 공유하는 것은 이 세상에 내가 존재한다는 증거를 남기는 일입니다. 남겨진 자리가 확고하다고 느끼면 자신이 사라지는 죽음도 덜 두렵습니다. 지금 여러분에게 그런 자리가 있습니까?

인생은
축제가
아니라
숙제다

어떤 사람은 인생에서 추구해야 할 것이 행복이라고 말합니다. 또 어떤 사람은 재미있게 살아야 한다고 합니다. 둘 다 맞는 말입니다. 우리는 재미있게 살아야 하고 행복해야 합니다. 그런데 마흔이 지나면서 "내 인생은 즐겁고 행복해"라고 말할 수 있는 사람이 실제로 얼마나 될까요? 저는 내담자에게나 강의를 할 때 이렇게 말합니다.

"행복에 속지 마십시오."

대한민국에서 마흔이 넘으면 시간은 없고 매번 쫓기듯이 사는데 해야 할 숙제는 너무 많습니다. 마치 내일 학교에서 검사받아야 할 숙제가 산더미처럼 쌓여서 졸린 눈을 비비고 늦은 시간까지 숙제에 처절하게 매달려 있는 학생과 비슷합니다. 그런데 여기다 대고 이른바 잘나간다는 사람들이 "행복해라, 재미를 찾아라"라고 하는 것은 성적 잘 나오는 옆집 친구가 "그깟 숙제 집어치우고 같이 공이나 차고 놀자"라고 하는 것과 다를 바 없습니다. 해야 할 숙제는 많고 시간은 없는데 이런 상황에서 친구와 축구하면 그 학생이 진정 행복하다고 느낄까요?

백번 양보해서 학생이라면 그럴 수도 있겠지만 나이 마흔이 되어 자신이 책임져야 할 인생 숙제도 하지 않고 행복 타령이나 하고 있을 대한민국 중년이 몇이나 될까요? 하루하루 치열하게 인생을 살아가고 있는 대한민국 중년은 그렇게 못 합니다. 마흔이 넘으면 삶이 우리에게 던져준 숙제를 열심히 해야합니다. 그게 인생입니다.

저는 '행복해야 한다. 인생의 재미를 찾아라. 인생은 숙제가 아니라 축제다. 즐기면서 살아야 한다' 따위의 조언이 탐탁지 않습니다. 그렇지 않아도 하루하루의 삶이 충분히 고단한데 누군가 옆에서 자꾸 이런 말을 하면 오히려 기운만 더 빠질 겁니다.

안락하고 편안한 삶을 사는 사람들이라고 항상 행복한 것은 아닙니다. 제가 만난 돈 많고 명망 있는 사람들도 다 나름의 스트레스와 마음의 고통을 갖고 있었습니다. 비둘기가 어느 순간 독수리가 된다고 해서 더 행복해지는 것도 아닙니다. 로또 당첨으로 일확천금을 거머쥔 후 삶의 결말이 안 좋아진 사람들의 이야기는 익히 알려진 사실입니다. 인생을 살면서 생기는 좋은 일과 나쁜 일은 모두 사람에게 큰 스트레스로 작용합니다. 이혼하거나 실직해도 스트레스를 받지만 결혼과 승진에도 마찬가지로 스트레스가 따릅니다.

거짓 행복을 추구하며 인생을 낭비하지 마세요. 지금 자신이 얻으려고 하는 행복이 과연 자신이 진정으로 원하는 것인지 확인해보아야 합니다. 사회나 언론에서 심어준 행복, 이를테면 사회적 성공과 부, 완벽한 사랑, 방황과 갈등이 존재하지 않는 심리 상태 등 거짓 환상에 현혹되어 있지는 않나요? 영화나 신문에 나오는 행복의 이미지에 익숙해지면 나에게 진짜 행복이 뭔지 잊어버립니다. ○○○ 교수가 말하는 행복, ○○○ 박사가 말하는 행복이 마치 내가 추구해야 할 것이라고 착각하면 나답게 살지 못합니다. 병든 행복은 정상적인 불행보다 더 나쁩니다.

행복은 추구한다고 얻을 수 있는 것이 아니라 매일의 행동이 모여 생기는 부산물에 불과합니다. 사실 희망이란 것도 실재하지 않지요. 희망이 존재한다는 확실한 증거는 세상 어디에도 없습니다. 다만 우리가 희망을 하루하루 만들어갈 수 있을 뿐입니다. 지금 내가 하는 활동이 희망을 만들기도 하고 그렇지 않을 수도 있는 것이지요.

행복은 단순히 쾌락적 정서를 의미하는 것이 아닙니다. 그래서 지금 당장 즐겁다고 해서 행복하다고 할 수는 없습니다. 술을 마시거나 심지어 마약을 해서 기분이 좋아진다고 우리는 그것을 행복이라고 말하지 않습니다.

그렇다면 무엇이 진짜 행복일까요? 우리는 어떨 때 진짜 행복을 느낄 수 있을까요? 인간은 자신이 믿고 있는 인생의 신념이나 가치에 부합하는 행동을 할 때 좋은 기분을 느낍니다. 만족하는 것이지요. 반면에 자신의 행동이 자기가 추구하는 가치와 일치하지 않아 마찰을 일으키면 불쾌함을 느낍니다. 불만족스러워지는 것이지요. 즉 사람은 자신의 고유한 인생의 가치로부터 멀어진다고 느낄 때 고통을 느끼고 하루하루의 삶이 가치에 잘 부합하면 행복하다고 느낍니다.

자신이 인생에서 진정으로 추구해야 할 방향을 잃어버렸거나 길은 알고 있지만 그곳을 향해서 나아갈 수 없다고 느낄 때 불행을 느낍니다. 이런 상태가 계속되면 정신적 문제도 발생합니다. 추구해야 할 방향으로 걸어가고 있는데 누군가가 방해하거나 구덩이에 빠져 더 이상 앞으로 나아갈 수 없게 될 때도 인간은 정신적 고통을 경험하게 됩니다.

누군가 그러더군요. 시험에 대한 불안은 공부를 열심히 함으로써 떨쳐버릴 수 있다고. 불안이나 우울 같은 심리적 고통에서 벗어나고자 할 때 불안해지는 원인만 없애려 하면 더 문제가 생깁니다. 시험 때문에 불안하다고 시험을 보지 않거나 결석을 한다고 해서 행복해지지 않는 것처럼 말이지요. 시험 때문에 불안한 것은 시험을 잘 치르고 싶은 마음이 크기 때문이지 시험 그 자체가 문제라고 할 수는 없습니다. 그런데 당장 불안하고 힘들다고 해서 현실에서 도망가버리면 자신이 진짜 원하는 것을 얻을 수 없습니다. 이렇게 하면 당장은 편할지 몰라도 끝내는 불행해질 수밖에 없습니다.

조르주외젠 오스만Georges-Eugène Haussmann은 나폴레옹 3세의 명을 받들어 1853년부터 1870년까지 파리의 도시 개조 프로젝트를 진두지휘한 인물입니다. 그는 수많은 반대를 무릅쓰고 파리 전역에서 낡은 집과 좁은 골목을 새로운 주거지역과 백화점, 반듯하게 정리된 길, 넓은 가로수 길로 바꾸어놓았습니다. 현재 파리의 커다란 별 모양 광장과 거기서 뻗어나오는 넓은 대로도 그가 만들었지요. 그런데 그는 오염에 대한 강박증을 갖고 있었습니다. 그는 평생을 질병과 오염에 대한 불안으로 고통받고 살아야 했습니다.

이런 그가 자신이 가진 강박증을 없애기 위해 매일 손 씻는 일에만 전념하고 질병에 걸리지 않나 걱정만 하고 있었다면 그의 인생이 행복해졌을까요? 아니면 강박증이 아니라 더럽고 정돈되지 않은 파리를 아름답게 꾸미는 일에 헌신했을 때 행복하다고 느낄까요? 어느 쪽이 진짜 인생을 살았다고 말할 수 있을 것 같나요? 강박증이 있다고 해서 실패한 인생이 되는 것은 아닙니다. 이것을 극복하고 인생의 목표를 이루었을 때 더 훌륭한 인생을 살았다고 말할 수 있습니다.

제가 만난 많은 중년 남성이 "나는 일을 할 때 가장 행복해"라고 말하더군요. 지금 하고 있는 일에 최선을 다할 때 기분이 좋다는 말이었습니다. 이런 사람들에게는 하루를 유흥으로 즐기거나 골프나 치면서 보내는 것은 별다른 감흥을 주지 못하는 그저 그런 일에 불과합니다. 이런 사람들에게는 일을 통해서 자신만의 인생의 가치를 추구하는 것이 가장 큰 행복감을 가져다주기 때문입니다.

"직장 열심히 다녀서 우리 딸 시집 갈 돈이라도 모아두는 것이 제 꿈입니다.""사업 잘되면 조그만 장학재단이라도 만들어서 저처럼 돈 없어서 제대로 못 배우는 아이들을 조금이라도 돕고 싶어요."이런 사람들은 자신이 하루하루 열심히 살아가는 이유에 대해서 이렇게 말합니다. "돈이 좋아서가 아니라 돈을 통해 이루고 싶은 인생의 소명을 가지고 있기 때문에 힘들어도 행복하다고 느낍니다."

이런 사람들에게 놀 줄 모르는 일 중독자라며 인생의 맛을 모르고 행복을 느끼지 못한다고 함부로 말할 수 있을까요? 과연 누가 인생을 진정으로 열심히 살아가고 있는 걸까요? 우리는 인생에서 풀어야 할 숙제를 가지고 있기 때문에 숙제를 끝냈을 때 행복도 느낄 수 있는 겁니다. 숙제를 해야만 한다는 족쇄가 있기 때문에 숙제를 끝냈을 때 자유를 느낄 수 있는 거지요. 숙제보다는 하루하루를 축제나 벌이며 살겠다고 하는 것은 진정한 행복을 평범한 쾌락으로 바꾸어버리는 가장 철없는 행동입니다.

중년의 남자, 여자에게 "현실을 이렇게 살아라, 저렇게 살아라"며 훈수 두듯 말은 많이 하지만, 정작 "당신 인생의 진정한 사명은 무엇이냐? 인생에서 이루고 싶은 가치가 무엇이냐? 이루고 싶은 꿈이 무엇이냐?"라고 물어보는 경우는 많지 않습니다. 그 나이쯤 되는 사람에게 "꿈이 뭐냐?"고 묻는 것이 왠지 어색하게 느껴져서일 수도 있습니다. 그런데 막상 이런 질문을 하면 선뜻 대답하기 힘들어하는 사람을 많이 만납니다. 인생의 사명에 대해서 심각하게 고민해보지 않았다고 말하는 사람도 있습니다.

우리는 인생에서 추구해야 하는 가치와 사명이 무엇인지 분명하게 해두어야 합니다. 자신만의 삶의 이야기에 뿌리를 둔 인생의 사명을 갖고 있어야 합니다. 이것이 없으면 어떻게 살아야 할지, 어디로 나아가야 할지 몰라 방황하게 됩니다. 어디로 갈지 명확하게 정해져 있지 않다면 인생의 위기가 닥치는 순간 주저앉고 맙니다. 가야 할 길을 모르면 걸어가야 할 의욕도 생기지 않습니다. 사는 것 자체가 무의미하다고 느낄 수도 있습니다.

거창한 것을 이루려 하기보다는 작은 것을 놓치지 않으려고 하는 것이 더 중요합니다. 그리고 다른 사람의 인생을 사는 것이 아니라 진짜 내 삶을 제대로 살아야 합니다. 볼테르Francois-Marie Voltaire도 《캉디드 혹은 낙관주의Candide ou L'Optimisme》에서 "우리는 우리의 정원을 가꾸어야 한다"고 하지 않았습니까? 영국의 시인 새뮤얼 존슨Samuel Johnson 역시 이렇게 말했습니다. "위

대한 일들은 힘으로 이루어지는 것이 아니라 인내로 이루어진다."

한꺼번에 모든 것을 이루려 하기보다는 자기 길을 꾸준하게 걸어가는 사람만이 진짜 인생을 살고 있는 겁니다. 인생에서 가장 소중한 것은 인생의 마지막이 되어봐야 알 수 있는 법입니다. 그것을 알기 위해 우리는 매일매일 노력하고 인내하고 애쓰며 살아가는 겁니다. 인생의 가장 중요한 문제는 언제나 인생 전체로만 답할 수 있으니까요.

우리에게 아직도 해야 할 숙제가 많이 남아 있다는 것은 즐거운 일입니다. 숙제가 많은 만큼 인생을 살아야 할 이유도 많다는 뜻이니까요. 아직 그만큼의 열정이 남아 있다는 뜻이기도 하겠지요. 숙제 없는 마흔은 생각할 수도 없습니다. 마흔이라면 당연히 아직도 풀어야 할 숙제가 많이 남아 있어야 합니다.

숙제가 남아 있다는 것은 우리에게 두 가지를 알려줍니다. 우리는 아직 죽지 않았다는 것과 당분간 숙제의 무게만큼 고통도 던져버릴 수는 없다는 것을. 그래서 힘이 들어도 우리는 계속해서 뚜벅뚜벅 자기 길을 걸어가야 합니다. 그것이 인생입니다.

> 생각 공부 <

내 삶에
제목을
붙인다면

명문대학을 졸업하고 1년 동안 방황하며 시간을 흘려보낸 청년이 진료실을 찾아왔습니다. 여자친구와 헤어진 뒤 그 아픔에 휩싸여 방에만 틀어박혀 지냈다고 했습니다. 슬픔에 잠겨 한 달 두 달을 보냈는데, 점점 더 무기력해졌고 어느새 1년이 지나버렸습니다. 그때를 돌아보면 자신은 인생 레이스의 낙오자처럼 느껴진다고 말했습니다. 지금은 의욕을 되찾고 취업을 준비 중인데, 만약 면접관이 그 1년에 대해 물으면 뭐라고 답해야 할지 난감하다고 했습니다. 자기 삶에서 지워지지 않는 오점을 남겼고, 그것 때문에 직장을 얻는 데도 실패하고 말 것이라며 불안해했습니다.

이미 벌어진 일을 없던 것으로 만들 수는 없습니다. 시간을 되돌려 자신의 행동을 뒤집어놓을 수도 없습니다. 하지만 지난 일도 자기 나름의 이야기로 새롭게 써내려갈 수는 있습니다. 자존감은 자기 자신과 삶에 대해 얼마나 그럴듯한 이야기를 갖고 있느냐에 달렸습니다.

이직이 잦았던 한 직장인은 자신의 경력을 보고 남들이 자신을 한곳에 정착하지 못하는 사람처럼 여길까 봐 걱정했습니다. 하지만 이직 경험을 새로운 영역에 도전하기를 두려워하지 않는 스토리로 풀어낼 수 있게 되자 자신감을 되찾았습니다. 퇴직하고 나서 "회사는 나를 치약처럼 끝까지 쥐어짜더니 다 쓰고 나서 버렸다"라는 이야기로 자신의 직장생활을 풀어낸다면 어떤 기분일까요? 최선을 다했지만 원했던 지위에 오르지 못했던 직장인이 내 삶은 실패작이라고 말하는 것과 치열한 경쟁에서 끝까지 꿋꿋하게 잘 버텨냈다고 이야기할 때의 느낌은 다를 것입니다.

성공하려고 악착같이 살았다고 말하는 사람과 다음 세대에게 이 세상은 살아볼 만한 가치가 있다는 걸 전하고 싶어서 최선을 다해 살아왔다고 이야기하는 이가 갖는 인생의 의미는 분명히 다를 것입니다.

인생 서사, 즉 라이프 내러티브는 마음속에 자리 잡고 있는 자기 자신에 대한 이야기입니다. 우리는 삶을 계속되는 이야기로 인식합니다. 시간의 흐름 속에서 그것을 계속 고쳐 쓰며 살아갑니다. 역경 이후에 다시 일어설 수 있는 힘도 서사에서 나옵니다. 트라우마를 겪더라도, 그 경험을 의미 있는 스토리로 바꿔낼 수 있으면 충격에서 벗어날 수 있습니다. 살면서 겪게 되는 스트레스들을 인생이라는 큰 그림 안에 일관되게 묶어내는 것이 이야기의 역할입니다.

그렇게 연결된 체험들은 의미라는 공통된 씨줄로 엮입니다. 이것이 삶의 주제가 됩니다. 고통스러운 감정도 이야기를 통해 받아들일 수 있게 됩니다. 이야기와 감정은 서로 교차하며 새로운 이야기와 감정으로 바뀝니다. 이야기는 감정에 빛을 주고 색을 입혀줍니다. 분노는 빨간 장미, 우울은 회색 낙엽에 대한 이야기가 되어 마음으로 녹아듭니다.

곤경에서 빠져나오지 못하는 이유는 제대로 작동하지 않는 이야기에 집착하기 때문입니다. 이야기할수록 더 깊은 불행으로 빠져드는데도 끊임없이 그것을 말하고 또 말하면서 부정적 감정을 키우기도 하죠. 때로는 자신의 이야기를 포기할 수도 있어야 합니다. 세상이 변하면 인생 서사도 새롭게 각색해야 합니다. 정신적 소생에는 참신한 내러티브가 필요한 법이니까요.

철학자 윌리엄 제임스William James는 자아를 I(의식적 자아로서 주체)와 me(출신과 기호, 미래에 대한 바람 등 자아를 형성하는 모든 것을 동원해서 자신을 어떻게 설명하는가에 따른 개인적 정체성으로서 대상)로 구분했습니다. 내가 누구인가를 말해주는 me가 있고, me를 의식하는 I가 있다고 했죠. 그런데

me와 I 둘 다 만들어진 이야기입니다.

　정체성은 이야기입니다. 인간은 자기에 관한 이야기를 통해 자아를 통일된 단일체로 인식합니다. 자기 안에 있는 다양한 감정과 생각, 언뜻 보면 모순된 언행들을 하나의 이야기 아래 묶어 일관성을 유지하고자 합니다. 정체성은 기억에 대한 이야기이기도 합니다. '나'라는 사람은 기억의 결합체입니다. 기억은 끊임없이 편집됩니다. 인간에게는 자신에 대한 기억을 재구성해서 일관된 이야기로 짜맞추는 무의식적인 메커니즘이 있습니다. 이야기는 과거로 돌아가 삶의 일관성을 회복하려는 논리적 틀인 것이죠.

　인생 서사는 그 누구도 대신 써줄 수 없습니다. 과거를 돌아보며 '내 삶이 한 권의 책이라면 어떤 제목을 붙일까?'라고 생각해보세요. "내 인생이 한 편의 영화가 된다면 그것에 어울릴 만한 광고 문장은 무엇일까?"라고 스스로에게 물어보세요. 미래를 내다보며 인생 시나리오를 써봐도 좋겠습니다. 이야기는 추상적인 인생을 눈앞에 그려주는 힘이 있습니다. 자신이 되고 싶은 모습을 구체적으로 떠올리면 그 삶에 다가가기가 훨씬 쉬워집니다. 나는 누구이며 어디로 가고 있는지, 앞으로 극복해야 할 문제는 무엇인지에 관한 이야기는 자아를 계속 성장하도록 만듭니다.

　인간은 타고난 이야기꾼입니다. 이야기가 있어야 안도하는 것이 인간입니다. 무작위한 세상에서 의미를 찾으려고 끊임없이 이야기를 짓습니다. 그럴듯한 서사로 풀어낼 수 있어야 고된 인생을 견뎌낼 수 있습니다. 삶에 대해 이야기하는 건 의미를 발견하고자 하는 본능의 표현이죠.

프리드리히 니체Friedrich Nietzsche는 과거에 일어난 일을 역사로 만들 줄 아는 힘을 통해 인간은 비로소 인간이 된다고 말했죠. 언젠가는 사라지고 마는 나약한 존재에 불과하지만, 계속해서 흘러가는 이야기로 허무를 이겨낼 수 있습니다. 스스로에게 이렇게 물어봅시다. 내 삶의 이야기가 어떻게 끝나기를 바라는가? 내 인생을 다룬 영화가 끝났을 때 사람들은 나라는 캐릭터에 대해 뭐라고 이야기할까?

기꺼이
받아들인다는
것

인생에 닥친 위기는 해결할 수 없는 것이 대부분입니다. 해결책을 알아도 도저히 실천할 수 없는 것도 많습니다. 원인을 알아도 해결되지 않는 경우도 많죠. 진짜 원인은 놔두고 엉뚱한 이유를 진짜라 믿고 "이렇게 된 것은 다 너 때문이다" "그때 내가 그렇게 하지 않았어야 했는데……"라며 타인과 자신을 비난하기도 합니다. 해결은커녕 미움만 키우고 마음만 괴로워질 뿐입니다.

지금 내 앞에 존재하는 것과 싸우는 일만큼 비생산적인 것이 없습니다. 나를 둘러싼 모든 사물과 현상 그리고 사람들은 그 나름의 존재 이유가 있기 때문에 내가 거부한다고 해서 사라지지 않습니다. 내 곁에 존재하는 것은 그것이 좋든 싫든 나의 삶에 초대된 것입니다. 이것을 쫓으려 하지 마세요. 있는 그대로 기꺼이 받아들이세요.

무조건 참거나 체념하거나 포기하라는 뜻이 아닙니다. 패잔병이 되라는 뜻은 더더욱 아닙니다. 고통과도 함께 앉아 있을 수 있어야 하고, 우는 아이를 끌어안아 달래듯이 고통을 품어 안을 수 있어야 하며, 가냘픈 꽃을 손에 살포시 쥐듯이 고통을 가볍게 움켜쥐고 갈 줄 알아야 합니다. 너무 꽉 움켜쥐지 말고, 그렇다고 느슨하게 놓쳐버리는 것도 아닌 부드럽게 가슴에 안아 품는 겁니다.

우리가 할 수 있는 일은 해결할 수 없는 일에 매달려 힘을 빼지 않고 묵묵히 자기 길을 가는 겁니다. 마음을 다잡고 당장 자기 자신에게 중요한 일을 놓치지 않고 일상을 챙겨나가는 겁니다. 받아들인다는 것은 수동적 태도가 아닙니다. 깊은 성찰과 지혜가 필요한 적극적인 대처방식입니다. 있는 그대로 받아들이고 그것을 바라볼 수 있다면 언젠가 그 속에서 통찰을 얻게 됩니다. 새로운 희망의 길은 언제나 수용에서 시작합니다. 받아들이지 못하면 변화할 수도 없습니다.

선택하지
못한
것에 대한

후회

　자기를 변형시키는 것은 자기계발의 목표가 될 수 없습니다. 내면의 특정 자기를 다른 것으로 대체하거나 부정할 수 없기 때문입니다. 그런 방식으로 나를 바꿀 수는 없습니다. 내가 원하는 내 모습만을 갖고 싶다고 그런 취향에 일치하는 내 모습만을 바란다면, 불가능하기도 하지만 굉장히 부자연스럽고 갑갑하고 사소한 일에도 나를 지키기 위해 에너지를 낭비하게 됩니다. 못 마땅하게 여겨지는 자기를 쥐어짜고 변화시키려고 안간힘을 쓰는 대신 있는 그대로 놔두는 것이 필요합니다.

　자존감을 높이려는 모든 시도는 실패하게 마련입니다. 자존감은 내가 선택한 내면의 자아가 시대와 조화를 이루면 높아진다고 느낄 뿐입니다. 시대와 불화하는 자아가 강조되면 자존감은 낮아집니다. 자아의 한 측면을 시대가 인정해주면 자존감이 다시 높아집니다. 어떤 맥락에서 나의 어떤 모습을 강조해야 하는가를 아는 것이 중요합니다. 누구나 내 안에 다양한 잠재력과 가능성을 품고 있는데, 그중 어느 하나도 부정하지 않는 용기가 필요합니다. 나를 있는 그대로 인정하고 받아들이는 것에도 용기가 필요합니다.

자기가치 확인 이론self-affirmation theory에 따르면 자존감에 위협을 느낄 때 우리가 해낼 수 있는 최선의 방책은 완전히 다른 영역에서 자신의 가치를 확인하는 것입니다. 예컨대 학계에서 성공할 수 없을 것 같아 걱정된다면 내가 매우 능숙하게 해낼 수 있는 것이나 정말 좋아하는 것을 생각해보는 것입니다. 내가 가정적인 남자라는 사실이나 즐겨 얘기하는 정치 등에 관심을 돌리면 그런 걱정에서 벗어날 수 있습니다. 자존감에 위협을 느낀 것과 무관한 분야에서 자신의 가치를 확인하는 것이 자존감을 회복하는 데 무척 효과적입니다. 자신이 좋아하는 음식, 책, 도시, 영화, 노래, 취미 같은 걸 생각하고 글로 적어봐도 좋습니다.

자아의 가치가 시대와 충돌하여 괴롭다면 내 안의 또 다른 자기에 주목하고 그것에 에너지를 쏟아부으세요. 인생의 과업은 내면에서 다수의 자기를 발견하고 그것에 빛을 비추는 일입니다. 내 안에 있는 모든 것을 인정하고 하나하나에 주의를 기울이고 에너지를 쏟는 것입니다.

49

갱년기 우울증을 앓고 있는 40대 후반의 여성 주희 씨는 상담 중에 불쑥 이혼하고 싶다고 했습니다. 우울증으로 고통받고 있었지만 남편에게 직접 불만을 털어놓은 적은 없었던 터라, 이혼하고 싶다는 마음이 바로 납득이 되지 않았습니다. 주희 씨는 그 이유를 이렇게 말했습니다.

"그냥 남편이 싫어졌어요. 이혼하고 싶어졌어요. 현재는 남편과 문제가 없어요. 돈 문제도 아니고 바람을 피운 것도 아니에요. 그런데도 자꾸 남편이 미워지고 헤어지고 싶어요. 내 마음을 나도 잘 모르겠어요."

그러고는 한마디를 덧붙였습니다. "남편과 결혼하지 않았으면 지금의 내가 더 행복하지 않았을까요?"

그녀는 유복한 가정에서 자랐고 학창시절 성적도 좋아 명문대에 들어갔습니다. 졸업하면 유학을 가서 학위 받고 대학 교수가 되고 싶었습니다. 하지만 자신은 없었습니다. 별다른 어려움을 겪어본 적이 없어서 혼자 외국에서 생활하는 게 겁이 났습니다. 교수가 되고 싶다는 열망은 컸지만 자기 능력에 대한 확신이 부족했죠. 강한 신념을 갖고 세상과 싸울 용기가 부족했던 겁니다.

부모님 권유로 지금의 남편과 선을 봤습니다. 그녀의 남편은 수재 소리를 들을 정도로 공부를 잘해서 일류 대학을 졸업하고 유학까지 다녀와 곧 교수로 임용될 예정이었습니다. 능력 있고 성격도 괜찮았지만 결혼하고 싶을 만큼 사랑을 느끼지는 못했습니다. 남편은 주희 씨에게 적극적으로 구애했습니다. 그녀의 어머니는 "그렇게 능력 있는 남자 만나기 쉽지 않다. 그 사람과 결혼하면 네 인생이 편하게 풀릴 거다"라고 했습니다. 주희 씨는 대학을 졸업하고 얼마 지나지 않아 결혼했습니다. 누구나 겪을 정도의 고부 갈등은 있었고, 결혼 초에는 남편과 성격 차이로 다투기도 했습니다. 남편에게 스쳐가는 바람처럼 여자 문제가 생긴 적도 있었습니다. 그런 동안에도 이혼은 생각해본 적이 없습니다.

"사랑 없는 결혼을 했던 것 같아요. 남편은 좋은 사람이에요. 그만한 사람은 없어요. 하지만 열렬히 사랑해서 한 결혼이 아니에요. 남편과 결혼하지 않고 유학 갔더라면 내 인생이 어떻게 되었을까, 하는 생각을 해요."

자신이 선택한 인생이므로 어쩔 수 없다고 했습니다. 유학을 가고 싶었지만, 용기가 없어서 포기했던 것이니 자기 잘못이라고 했습니다. 과연 진심일까요? 그녀는 자기 욕망을 애써 외면하고 있었습니다. 비슷한 경우에 어떤 여성은 남편을 원망하는 말들을 직접적으로 드러내기도 합니다. '당신 때문에 내가 원하던 인생을 살지 못했다. 이게 뭐냐? 남편 뒷바라지, 시댁 식구 뒷바라지만 하며 살아온 내 인생이 너무 아깝다. 결혼만 안 했어도 내가 당신보다 더 성공했을 거다'라고요.

우리는 선택의 기회가 왔음에도 불구하고 하나의 선택을 해야만 하는 것을 두려워합니다. 어떤 선택을 해도 100퍼센트

만족할 수 없다는 것을 직감으로 느끼기 때문입니다. 동시에 어떤 선택을 하면서 포기해야 하는 것에 대한 아쉬움이 크기도 하지요. 쉽게 결정할 수 있는 것은 누가 봐도 선택에 따른 득과 실이 분명할 때입니다. 하지만 선택의 기로에서 갈팡질팡하는 것은 어떤 선택을 하든 이득과 손실이 불분명하거나 비슷하기 때문입니다.

만약 주희 씨가 결혼하지 않고 유학을 떠나 공부를 계속했더라면 지금 행복할까요? 지금 이혼하면 마음이 후련해질까요? 우울증에서 벗어난 그녀는 이렇게 말했습니다.

"지금은 내가 할 수 있는 것과 할 수 없는 것, 해야만 하는 것과 해서는 안 되는 것을 분명하게 가늠할 수 있으니 젊을 때보다 훨씬 평온합니다. 이게 어쩌면 행복일지도 모르겠어요. 지금 내 모습이 과거 어느 순간 내가 절실하게 원했던 그 모습일지도 모르겠다는 생각이 들었어요. 그런데 막상 그걸 이루고 났더니 언제 내가 그걸 원했었나 하며 잊어버렸던 거죠."

과거에 주어졌던 선택의 순간과 그때 내린 결정을 되돌릴 수는 없죠. 하지만 다시 선택의 기회가 찾아왔을 때, 우리는 과거와 다른 결정을 내릴 수 있습니다. 아쉬움과 후회가 크다면 앞으로 삶을 다르게 살겠다고 선택하면 됩니다. 우울증에서 벗어난 주희 씨에게 다른 목표가 생겼습니다.

"요리책을 출판해보고 싶어요. 20년이 넘는 결혼생활 동안 깨달은 것 중에 하나는 제가 요리에 재능이 있다는 것이에요. 저를 그렇게 미워하던 시어머니도 제가 만든 미역국에는 칭찬을 아끼지 않으셨거든요."

포기할 줄
아는
용기

철학자 윌리엄 제임스는 지혜란 무엇을 간과할지 아는 기술이라고 말했습니다. 마흔 이후의 지혜는 불필요한 기억이나 정보를 걸러내는 능력, 그래서 현명한 선택과 포기를 할 수 있는 능력을 의미합니다. 지금 이 시점에서 무엇을 선택해야 하고 또 무엇을 포기해야 하는지를 정확히 구분할 줄 아는 것이 진정한 중년의 힘입니다.

마흔 이후에는 포기할 줄 아는 능력이 필요합니다. 중년을 지나 노년을 맞이할 때가 되었는데도 많은 것을 움켜쥐려고만 하면 행복할 수 없습니다. 놓쳐버린 과거의 좋은 기회들, 부모의 뜻을 따르기 위해서 포기해야 했던 것, 용기 있게 다가가 쟁취하지 못했던 사랑. 시간과 함께 흘러가버렸다는 것을 알면서도 포기가 안 됩니다.

사업체를 운영하는 여성 내담자가 있었습니다. 그녀의 남편은 꽤 유명한 미술가라고 했습니다. 그녀는 남편이 예술에만 전념할 수 있도록 헌신하며 살았습니다. 공장의 거친 남자 직원들을 관리하고 새벽부터 사업장을 돌며 정리정돈을 하고 화장실 청소까지 직접 했습니다. 변변한 휴가 한번 제대로 가본 적이 없다고 했습니다. 그런데 어느 날 공장에 불이 났습니다. 불을 끄다 오른손 엄지손가락을 다쳤고 상처가 깊어 절단을 해야 했습니다.

부유한 집안에서 태어나 별 어려움 없이 자란 그녀의 젊은 시절 꿈은 의상 디자이너였습니다. 가난한 집안에서 태어나 미술을 전공한 남편과 대학 시절 만나 결혼하면서 꿈을 포기했습니다. 지금 그녀는 말합니다. "내가 원했던 삶이 아니에요." 그러면서 자신이 원했던 삶을 그려 보여줍니다.

"나는 아름다운 그림이 걸려 있고 포근한 정원이 딸린 평온한 집에서 때가 되면 맛있는 식사를 차려서 가족과 행복한 시간을 함께하는 꿈을 꿨어요. 100평 정도의 부지에 정원이 딸린 2층집에서 살고 있어야 해요. 2층에는 제 작업실도 있어야 하고요."

지금은 모든 꿈을 포기했다고 했습니다. 가끔 지나온 세월과 이루지 못한 꿈 때문에 가슴이 아프지만 어쩔 수 없다고 마치 받아들인 듯 이야기합니다. 그러나 실제 그녀는 우울하니다. 수면제가 없으면 잠을 못 잡니다. 밤이면 온갖 복잡한 생각들이 떠올라 견디기 힘듭니다. 화가 나기도 하고 금세 우울해집니다. 모든 것이 허무하다고 느껴집니다. 그럴 때면 오히려 일에 더 매달린다고 했습니다. 그래야 자신도 버티고 공장도 잘 운영할 수 있을 것 같다고 하면서 말이지요.

그녀는 과거의 꿈을 진심으로 포기할 수 없었습니다. 가끔은 포기한 것처럼 느껴지기도 했겠지만 이내 우울한 감정과 허망하다는 생각으로 고통스러워해야 했습니다. 포기하면 홀가분해질 것 같지만 그 뒤에는 우울이 찾아오게 마련입니다. 상실과 우울은 한 몸처럼 움직입니다.

시간이 흘렀으니 이제 다 포기해야 한다고 말할 수는 없습니다. 비록 현실이 그렇다 하더라도 당사자는 절대로 그렇게 할 수 없습니다. 그녀에게 지금 필요한 것은 놓쳐버린 과거의 꿈을 다시 찾는 것이 아니라 미래는 과거와 다르게 살 수 있다는 확신일 겁니다.

자수성가
증후군

부모 도움 없이 밑바닥부터 사업체를 일구어 나라에서 주는 기업인상까지 받은 회사 대표 철진 씨를 상담했습니다. 사실은 그를 만나기 전에 그의 아내를 먼저 상담했습니다. 그의 아내는 가벼운 우울증상을 겪고 있었습니다.

"남편은 자기중심적이고 권위적이에요. 자기 이야기만 하고 자식들에게는 야단만 치니까 아이들이 남편을 피하죠. 요즘에는 아이들이 남편 말에 대들기도 해요. 남편과 아들이 자꾸 싸워서 중간에서 제가 너무 난처합니다. 아들 편을 들면 남편이 자기 편 안 든다고 나에게 화를 내요. 아들은 엄마마저 아버지 편을 들면 아버지가 계속 고집만 피워서 문제가 커진다고 하죠."

57

철진 씨의 태도나 대화방식에 문제가 있다고 느껴졌습니다. 그런데 본인 이야기를 들으니 섣부른 판단이었다는 걸 알게 되었습니다. 그는 이렇게 말했습니다.

"나도 외롭습니다. 나라고 왜 감성이 없겠습니까? 나도 인생 즐기고 싶어요. 하지만 지금까지 내가 쉬면 우리 가족이 모두 죽을지도 모른다는 절박한 심정으로 달려왔는데 지금 멈출 수는 없어요."

철진 씨는 한숨을 내쉬더니 말을 이었습니다.

"이제 나도 늙었어요. 예전 같지 않거든요. 힘이 빠져요. 그러니까 여유를 부릴 수가 없는 거예요. 지금까지 이뤄놓은 것을 지켜야 한다고 생각하니 항상 쫓기는 마음입니다. 세상에 믿을 것이라고는 나 자신밖에 없습니다. 누구에게 의지하겠습니까? 애들 엄마나 아이들은 너무 나약해요. 답답합니다."

진료하다 보면 이른바 '사장님들'의 숨겨진 이야기를 들을 기회가 종종 있습니다. 그들은 외롭다는 이야기를 많이 합니다. 고독한 일인자라는 말이 떠올랐습니다. IBM의 전 회장 루이스 거스너Louis Gerstner도 이렇게 말했죠. "단 하루도 안심할 수 있는 날이 없었다. 이 과제를 누구에게 위임하겠는가? 결코 그럴 수 없다. 그야말로 외로운 싸움이다."

자수성가형 사장들은 외로움과 절박함을 더 크게 느낍니다. 특히 미래에 대한 불안은 거의 공포 수준입니다. 뇌는 항상 위기 상태입니다. 그들의 정신적 에너지는 미래에서 나옵니다.

현재에 안주하는 것은 삶의 동력을 잃는 거라 여깁니다. 자전거 페달을 힘껏 돌려야 살 수 있다는 것을 몸으로 익혀왔기 때문에 멈추면 쓰러질 거라고 직감합니다. '이제부터라도 여유를 즐겨라. 노는 법을 배워라. 행복을 찾아라'라는 말은 한심한 소리처럼 들립니다. 쉬는 것은 죄를 짓는 것이고 악한 것이라고 말하기도 합니다.

그들은 강한 책임감의 소유자입니다. 또 다른 자수성가형 사장은 이렇게 말했습니다.

"사람들은 나보고 돈밖에 모른다고 합니다. 하지만 돈은 중요하지 않아요. 돈 때문이라면 사업 안 해도 돼요. 모아놓은 돈 쓰고 살아도 되니까요. 그런데 왜 일을 하냐고요? 사명감, 책임감이에요. 내가 힘들수록 다른 사람이 편해진다는 사명감. 가족과 가족 같은 직원들의 삶을 더 낫게 할 것이라는 사명감 때문에 일하는 거예요."

이런 이들이 겪는 심리적 문제를 저는 '자수성가증후군'이라고 부릅니다. 항상 불안을 느끼고 현재를 즐기지 못하고 주변 사람들을 지나치게 통제해서 갈등이 끊이지 않을 때 이렇게 진단합니다.

이들은 혼자 힘으로 사업을 성공시켰기 때문에, 과도한 자기중심주의의 함정에 빠지기 쉽습니다. 자기 방식대로 성공했기 때문에 자기 생각을 따르면 성공한다는 믿음이 몹시 강합니다. 그래서 자기 신념을 주변 사람에게 강요합니다. "내가 이렇

59

게 해서 성공했으니 내 말 들어!" 그런데 요즘 자녀들이 그 말을 들을 리 없죠. 강요하면 자녀들은 '나는 아버지처럼 살지 않을 테야'라는 마음만 커지니까요.

그들은 인정받기를 원하지만 대놓고 인정해달라고 말하지는 않습니다. 왜냐고요? 남들이 알아서 인정해줘야지 그걸 내가 먼저 말로 해야 하느냐는 논리입니다. 이런 마음을 품고 있으니 뻣뻣한 태도를 취하게 되죠. 그러다 주위 사람이 조금만 서운하게 대하면 자신이 얼마나 고생했는데 어떻게 이럴 수가 있느냐며 버럭 화를 냅니다.

자수성가증후군에 빠진 사람은 완벽에 대한 집착이 지나치게 큽니다. 성취해도 만족을 못 느낍니다. 그리고 더 큰 목표를 세우고 자기를 몰아세웁니다. 빈틈, 예외, 실수, 허술, 여유, 지는 것, 느린 것…… 이런 것을 못 견딥니다.

자수성가한 사람이라면 자신의 삶 자체가 교훈이라고 여기세요. 굳이 말로 표현하지 않아도 내가 살아온 역사 그 자체로 빛이 난다는 걸 잊지 말길 바랍니다. 돈만 유산으로 물려주는 게 아니잖아요. 타인의 기억 속에 심어놓은 정신적 가치가 진짜 유산이지요. 삶의 철학이 성실과 신뢰라면 가족과 직원 그리고 사회에 '그 사람은 성실했다. 그 사람은 언제나 믿을 수 있었다. 성실과 신뢰의 진정한 가치는 그 사람의 삶을 보면 알 수 있다'는 기억을 남겨주세요.

한 내담자는 마지막으로 이런 말을 했습니다.

"지금까지 살면서 만들어온 나의 껍데기를 이제 와서 부숴버릴 수는 없습니다. 하라고 해도 그렇게 못 해요. 그게 인생이지 않습니까. 외롭고 서글프고 지치고 힘들어도 그렇게 살 수밖에 없죠. 힘들어도 내가 다 짊어지고 가야 하는 것, 그게 인생이겠죠." 가슴이 찡했습니다.

> 생각 공부 <

인간은
본래
모순덩어리다

오직 그 사람만이 인간이라는 이름을 얻을 자격이 있다. 그리고 오직 그 사람만이 저 위에서 그를 위해 준비한 것을 확신할 수 있다. 그는 누구인가? 그는 두 팔 안에 늑대와 양을 품되 그 둘이 서로 해치는 일이 없도록 지켜줄 수 있는 방법을 이미 터득한 사람이다.

—게오르게 구르제프, 《놀라운 사람들과의 만남》 중에서

우리는 누구나 양면성을 갖고 있습니다. 우세한 성격이나 특질 이면에는 반드시 열등성이 따라붙습니다. 명석하고 예리한 사람은 어리석고 둔한 그림자를 갖고, 신중하고 관대한 사람은 경망스럽고 약삭빠른 그림자를 갖고 있습니다. 누구나 자

신의 열등한 측면들을 그림자 안으로 밀어넣습니다. 자신의 일부를 그 속에 욱여넣고는 의식적으로든 무의식적으로든 아예 없는 것처럼 행동하기도 합니다. 하지만 억눌러두었던 약점과 결점, 열등성과 콤플렉스, 충동과 감정은 사라지지 않습니다.

그림자를 억누르고 마치 그것은 내 것이 아닌 양 행동하며 완전무결한 사람처럼 살면 언젠가 그림자에 잡아먹힙니다. 마음을 긁어대는 신경증으로 나타나기도 하고, 그림자에 잠식되어 삶의 기운을 잃어버리기도 합니다. 그림자를 의식화하지 않으면 사나운 동물로 변해 꿈과 환상으로 의식에 침투해 들어옵니다. 자기 그림자를 무시하면 결국 자기 자신으로부터 소외당하고 맙니다. 겉으로 그럴듯해 보이는 페르소나가 마치 내 전부인 양 순진하게 믿어버리면 나쁜 그림자는 다른 사람에게만 있는 것처럼 여기게 됩니다.

문득 자신에게서 그림자가 엿보이면 흠칫 놀라며 '난 안 그래. 저 사람이 나쁜 거야'라고 투사합니다. 타인의 작은 실수를 보면 이때다 하며 그래서는 안 된다고 날을 세웁니다. 자기 약점을 받아들이지 않고 방어하고 합리화에만 몰두하게 됩니다. 타인과 세상에 투사하는 그림자를 자신에게서 발견해야 합니다. 없는 척하고 없애버리려 하거나 타인에게 투사하면 그림자의 힘은 점점 더 강해집니다.

정신과 치료를 받는 목적은 내면에서 약점이나 악함을 없애기 위함이 아닙니다. 어둠 없이 빛만 가질 수는 없습니다. 완전무결해지기 위해 치료받는 것이 아닙니다. 자기 안의 그림자를 발견해 의식화함으로써 그것이 품고 있는 에너지를 삶의 원동력으로 만들기 위함입니다.

마흔 이후의 지혜는 자신의 삶 속에서 늑대와 양이 공생할 수 있도록 의식적으로 노력하는 데에서 비롯됩니다. 늑대와 양이 같이 살아가야 한다는 모순적인 상황을 감내할 수 있어야 합니다. 늑대가 배고픔을 느껴서 양을 잡아먹지 않도록 꾸준히 먹이를 주면서 돌봐야 합니다. 내 마음에 늑대가 살아가고 있다는 것을 부정하거나 제대로 돌보지 않으면 양도 지켜낼 수 없습니다.

마흔이 넘어서도 내 마음에는 선한 양만 있다고 소리치는 사람이 있다면 철부지입니다. 내 마음에는 늑대가 없다고 떠드는 사람은 가까이하지 마세요. 거짓말쟁이니까요. 자기 마음을 조금이라도 들여다보는 노력을 기울인 사람이라면 이런 말 못 합니다. 나이 헛먹은 사람이나 이런 소리를 해대죠. 제대로 나이 든 사람이라면 나만 옳다고 말하지 못합니다. 타인의 언행에서 악을 발견해도 함부로 욕하지 못합니다. 자기 마음에도 그런 악이 있다는 것을 아니까요. 이분법적으로 선과 악을 함부로 구분하는 사람에게 중년의 지혜가 있을 리 없습니다.

지혜는 선과 악의 이분법을 뛰어넘습니다. 선이 악이 되기도 하고 악과 선이 공존하기도 합니다. 옳고 그름, 좋은 사람과 나쁜 사람의 차이를 선명하게 구분할 수 없습니다. 옳다, 그르

다가 아닌 복잡한 설명들이 존재합니다. 이 모든 것을 한꺼번에 품을 수 있을 때 중년의 지혜를 가졌다고 할 수 있습니다.

의미 부여가
취미인

당신에게

"하고 싶은 일은 다 해봤어요. 다른 사람들은 저를 보며 아쉬울•게 뭐 있느냐고 해요. 그런데 제 마음은 그렇지 않아요. 사는 재미가 없어요. 하고 싶은 것도 없어요. 이런 말 해봤자 남들은 몰라요. 배부른 소리 한다고 눈총만 받아요."

중견 기업을 운영하는 50대 초반 사장의 하소연입니다. 이른 나이에 사업을 시작해서 지금은 남부러울 것 없이 삽니다. 그런데 요즘은 모든 것이 무의미하다고 합니다. 사업도 안정궤도에 올라서 크게 신경 쓸 일이 없습니다. 시간도 여유롭습니다. 오전에 출근했다가 오후에는 자유롭게 시간을 보낼 수 있습니다. 하지만 그에게는 열정이 사라졌습니다. 활력이 모두 빠져나간 사람처럼 보였습니다. 공허하고 허무함만 남았습니다.

분석심리학자이자 정신과 의사인 카를 융Carl Jung은 무의미는 질병이라고 했습니다. 의미의 부재가 신경증을 일으킨다고 했습니다. 그가 진료한 환자 중 3분의 1은 삶의 목적과 의미를 잃고 무감각으로 고통받았다고 합니다.

곧 50이 되는 여성 내담자의 이야기입니다.

"결혼하고 시부모님을 모시고 살았어요. 20대 중반에 결혼을 했거든요. 좀 빠른 편이었지요. 결혼하면서 직장도 그만두고 시부모님 모시면서 전업주부로 살았어요. 40대 중반에 아들은 대학 가고, 얼마 전에 시부모님도 돌아가셨어요. 더 이상 신경 쓸 일이 없어요. 자유로워졌어요. 자유가 찾아왔는데도 자유롭게 느껴지지 않아요. 무기력하고 하고 싶은 일도 없어요. 집에서 텔레비전만 보는 나 자신이 한심해요. 하고 싶은 게 없으니 나가고 싶지도 않고, 그러다 보니 하루종일 집에 혼자 있어요. 혼자 지내는 것에 익숙해졌죠. 남편한테 이런 말 하면 배가 불러서 그렇다며 무시해요."

그전까지는 아들 대학만 들어가면, 시부모님이 안 계시면 진짜 자신을 위해서 살아보겠노라고 했는데 막상 그런 시간이 오니 어떻게 해야 할지 모르겠다고 했습니다.

정신건강에 가장 해로운 것은 무의미입니다. 삶에서 의미를 느끼지 못하는 것뿐만 아니라, 의미를 주는 것을 찾지 못하거나 잠시 망각하는 것이죠. 가치 있는 목표가 있는데도 그것을 추구할 의지를 잃어버리기도 하죠. '권태롭다, 허무하다, 공허하다'로 표현하고 '가슴이 뚫린 것 같다, 삶이 흑백이 된 것 같다, 뭘 해도 흥이 나지 않는다'고 호소합니다. '인생이 고작 이게 다인가? 이러려고 힘들게 살았나?'라며 허탈함을 드러냅니다.

실존적 공허를 느끼기도 합니다. 어차피 죽고 나면 아무것도 없으니 의미 있는 것이란 하나도 없다는 것이지요. 인간은 본질적으로 긴장이라곤 전혀 없는 안락한 상태를 원하지 않습니다. 분투할 대상이 필요한 존재입니다. 인간은 의미를 지향합니다. 따라서 의미를 추구하는 본질적 욕구가 좌절되면 공허함을 느낍니다.

현실과 처절한 싸움을 벌이는 중년도 많지만 성과를 이뤘다고 느낀 뒤에 무기력에 빠지는 중년도 많습니다. 배부른 호사가 아닙니다. 겉으로 보면 아무 문제 없는 듯 보이는 이가 자신과 삶을 무가치하다고 여기고 이렇게 남은 인생 몇십 년 사느니 차라리 죽는 게 낫다고까지 합니다. 의미를 느끼지 못하는 인생은 죽음과 다름없는 것이지요.

의미는 비스듬히 추구되어야 합니다. 거기에 매달리고 집착하면 안 됩니다. 의미 있다는 느낌은 삶에 적극적으로 참여하는 과정에서 자연스럽게 생깁니다. 의미는 삶에 헌신한 뒤에야 드러납니다. 의미 자체를 추구해서는 얻을 수 있는 게 없습니다. 관념적으로 의미를 찾으면 오히려 공허함만 쌓입니다. 생각에서 빠져나와 활동에서 비롯된 충만함이 쌓이면 나중에

69

서야 '이것이 내 삶의 의미구나' 하고 깨닫게 되지요.

정신과 의사 빅터 프랭클Viktor Frankl은 인간은 삶의 의미를 찾고 추구하면서 살아갈 수는 있지만 그것을 완전히 깨달을 수는 없다고 말합니다. 그는 소아마비 혈청을 발견하기 위한 동물 실험에 활용된 원숭이를 예로 들어 설명합니다. 이 원숭이는 실험 과정에서 수많은 고통을 경험하지만 자신이 왜 고통을 받는지 고통의 의미가 무엇인지를 절대로 알 수 없습니다. 원숭이는 스스로 이해할 수 있는 차원을 넘어서는 사건의 의미를 파악할 수 없기 때문입니다. 프랭클 박사는 이런 상황에 처한 원숭이가 인간의 모습과 다르지 않다고 이야기합니다. 인간을 실험실 원숭이에 비유한 것이 불쾌할 수도 있지만 이는 곧 의미를 쉽게 얻으려고 기대해서는 안 된다는 경고입니다.

노력하지 않으면 쉽게 의미를 상실하고 마는 것이 나약한 인간이라는 것이지요. 노력한다고 쉽게 얻을 수는 없지만, 그렇다고 의미 추구에 게으름을 피우면 추락할 수밖에 없습니다.

모호함을
견디는
힘

모호함에 대한 내성이 약한 사람은 쉽게 불안에 휩싸입니다. 모든 일이 예측 가능해야 하며, 자신에게 일어나는 모든 일을 통제할 수 있다고 느껴야 비로소 마음이 편안해집니다. 이런 사람들은 삶에서 정해진 일들만 일어나기를 바랍니다. 하지만 예측 가능성은 삶의 일반적인 속성이 아닙니다. 모든 것은 변합니다. 어떻게 변할지 어디로 변해갈지 알 수 없는 것이 삶의 본질입니다.

사람 마음은 예측하기가 더 어렵습니다. 내 마음 나도 모르는데 하물며 다른 사람의 마음을 어떻게 알겠습니까. 남편이 바람을 피우지 않을까, 동료가 뒤에서 내 험담을 하지는 않을까, 상사가 나를 부려먹기만 하고 밀어주지 않는 건 아닐

71

까…… 알듯 말듯 모호한 타인의 속마음이 우리를 불안하게 만듭니다.

모호함을 견디지 못하는 사람은 두 가지 행동양상을 보입니다. 첫 번째는 과도한 통제입니다. 불확실성을 조금이라도 줄이려고 환경을 통제하려 듭니다. 물리적 환경은 그나마 정해진 곳에 물건을 놓거나 깨끗하게 치우는 등 비교적 통제하기 쉽죠. 하지만 나 아닌 다른 사람은 통제하기 어렵습니다. 그가 어떤 생각을 할지, 자기 몰래 어떤 행동을 할지 알 수가 없습니다. 그래서 자기 통제 안에 있도록 지시와 명령으로 타인을 옥죄려고 합니다. 잔소리가 심한 엄마들이 그렇습니다. 자기 내면의 불안 때문에 아이를 과도하게 통제하려 듭니다.

두 번째 행동양상은 회피입니다. 모호함을 견디지 못하는 사람은 새로움과 낯섦을 두려워합니다. 웬만하면 익숙한 일만 합니다. 매일 만나던 사람만 만납니다. 모험도 하지 않습니다. 모든 변화가 스트레스입니다. 감정적인 민감도가 높아서 스트레스 받았을 때 충격도 큽니다.

마흔 이후에는 모든 것이 편해질 것 같지만 절대 그렇지 않습니다. 병이 들기도 하고 사고도 많이 겪습니다. 경제적 상황이 어떻게 변화할지, 아이들은 원하는 대학에 잘 진학할 수 있을지, 회사에서 해고당하지는 않을지 누구도 확실하게 답해주지 않습니다. 모호함을 견디지 못하는 중년은 불안에 취약할 수밖에 없습니다.

마흔이 되었다면 모호함을 견디는 힘을 키워야 합니다. 방법은 딱 하나, 용기입니다. 불안하더라도 '지금 나에게 정말로 중요한 건 뭐지?'라는 질문에 답하며 당장 소중한 것에 집중할 용기가 필요합니다. 불안이 내 삶을 망가뜨리게 내버려두지 않겠다는 신념이 필요합니다. 불안해도 용감할 수 있습니다. 불안과 용기는 늘 공존하는 법이니까요.

불안한 사람도 강해질 수 있고 용감한 사람도 불안을 느낍니다. 불안이 클수록 용기도 커집니다. 불안이 나를 단련시켜 맷집을 키워주니까요. '까짓것'이라는 마음이 제일 중요합니다. 막연한 불안, 두려운 상황에 대한 회피 따위는 '이까짓 것들!' 하고 옆으로 제쳐두고, 진짜 중요한 것을 그냥 해보는 겁니다. '막상 부딪쳐보니 별것 아니네!' 하는 체험이 쌓여야 불안에서 자유로워집니다.

> 생각 공부 <

세울 수
없다는
것의

의미

중소기업을 운영하는 성훈 씨가 한숨 섞인 푸념을 했습니다. "오십이 훌쩍 넘어가는 지금까지 염색 한번 하지 않았습니다. 술은 웬만큼 마셔도 취하지도 않습니다. 제 몸에 대해서는 정말 자신이 있었습니다. 그런데 요즘 제 물건이 제대로 반응을 보이지 않아요. 도대체 뭐가 문제인지 모르겠습니다." 언제나 당당하고 활기에 넘치는 사람이었는데 불쑥 이런 이야기를 꺼내서 저도 순간 당황했지만 차분하게 되물었습니다. "사장님, 그러면 요즘 제일 재밌는 게 뭔가요?"

"요즘은 뭘 해도 재미가 없습니다. 억지로 괜찮은 척하고 지내기는 하는데 흥이 안 나요. 섹스하고 싶은 마음이 싹 사라졌으니까요."

74

나이는 먹어가지만 그래도 그 누구보다 건강하다고 자신에 차 있던 사람이 발기가 되지 않으니 충격이 컸습니다.

"발기가 되지 않으니까 세상 다 산 듯한 느낌이 들어요. 노인이 된 것 같아 서글프고요. 솔직히 남자 인생에서 그게 빠지면 무슨 재미로 살겠어요. 내가 할 줄 아는 건 오직 일이고 즐기는 거라고는 섹스뿐이에요. 골프도 치지 않고 죽어라 일만 하고 살았거든요. 어떤 일을 하나 성공시켜놓고 나서 즐기는 섹스가 내게는 제일 큰 상이었어요. 그 쾌감으로 지금껏 힘든 일들을 견디며 살았다고 해도 과언이 아니에요. 그런데 섹스가 잘 되지 않으니까 내가 점점 죽어가는 것 같아서 뒷골에 땀이 맺혀요. 이렇게 사는 게 무슨 의미가 있나 싶고요. 사는 게 무의미하다는 생각이 들 정도니까요."

성훈 씨에게 성적인 쾌감은 단순한 오르가슴이 아니었습니다. 섹스는 성취의 증명이었습니다. 섹스는 자신에게 주는 트로피였습니다. 단순한 욕구 충족이 아니라 자존감의 바탕이고 존재감의 근거였습니다. 섹스를 통해 생명력과 젊음을 확인받고 있었던 것이지요.

남자의 정력은 성적인 의미 그 이상입니다. 근원적인 생명력이고 내가 살아 있다는 것을 확인하는 행위입니다. 섹스에 집착한다고 해서 쾌락만을 좇는다고 폄하하면 안 됩니다. 외로운 세상에서 누군가와 깊은 곳에서부터 진심으로 연결되는 것, 그게 바로 섹스입니다.

75

40대 중반 동헌 씨의 사연이 그랬습니다.

"1년에 절반 이상을 해외에서 보냅니다. 제 또래에 비해 돈은 더 많이 번다고 자신합니다. 아이들도 사립학교 보내고, 사교육도 남들에 뒤지지 않을 만큼 시키고요. 강남에 집도 한 채 장만해두었어요. 그런데 마음 한편에는 아내에게 늘 미안해요. 아내와 저는 대학 1학년 때 처음 만나서 결혼했습니다. 돈이나 세속적인 것에 연연하지 않는 아내의 순수한 면에 이끌려서 제가 결혼을 졸랐습니다. 제가 돈은 꽤 버니까 사는 건 안정되었지만 이걸로는 아내의 마음을 다 채워줄 수 없어요. 아내는 돈이나 사회적인 성취로 만족을 느끼는 사람이 아니니까요. 그래서 저는 섹스에서 최선을 다하는 것으로 진심을 보여주고 싶었어요. 그래서 출장 갔다 와서 아무리 피곤하더라도 부부관계만큼은 거르는 법이 없었습니다."

이런 동헌 씨가 최근에는 성욕도 떨어지고 발기도 잘 되지 않는다고 했습니다. 피로감이 심해져서 해외 출장을 다녀오면 회복하는 데 예전보다 시간이 더 걸린다고 하더군요. 그러니 부부관계도 소원해질 수밖에 없었죠. 설상가상으로 며칠 전에는 부부관계를 시도했는데 발기가 되지 않아 너무 창피했다고 했습니다. 해외에서 머물다 오랜만에 집에 와서 어떻게든 아내를 만족시켜주고 싶었는데, 그러지 못해서 너무 미안했다고 하더군요.

단순히 미안한 정도가 아니라 아내를 만족시켜줄 수 있는 것이 더 이상 없다는 생각이 들면서 절망감을 느꼈다고 했습니다. 자신에게 실망한 아내가 이제 자신을 사랑하지 않으면 어쩌나 하는 두려움이 밀려왔다고 했습니다. 아내의 진짜 마음이 어떤지는 알 수 없지만요.

남자에게 성 기능이란 관계를 유지하는 능력이 건재하다는 의미이기도 합니다. 인간은 본질적으로 고독한 존재이지만 섹스를 통해 누군가와 연결되어 있음을 느낄 수 있습니다. 혼자가 아니라는 걸 온몸으로 확인하는 행위가 바로 섹스라고 할 수 있을 겁니다. 사랑하는 사람과 몸을 맞대고 섹스하는 것은 자기 존재를 타인 속에서 확인하는 것이기도 합니다. 그러니 남자에게 성 기능이 저하된다는 의미는 사랑하는 사람과 의사소통할 수 있는 능력을 잃는 것과 같습니다. 어쩌면 듣고 말하는 능력이 사라지는 것보다 더 괴로운 일일지도 모릅니다. 사랑의 언어를 잃어버리고 절대고독 속으로 떨어지는 것이기도 하니까요.

중년이 되면 남성도 갱년기를 겪습니다. 얼굴이 화끈거리고 별것 아닌 일에 땀이 나고 우울해지고 짜증이 늘어납니다. 활력이 떨어지고 쉽게 지친다면 남자도 갱년기를 의심해봐야 합니다. 남성 호르몬은 30세 이후로 해마다 1퍼센트씩 감소합니다. 40~60세 남성 중 7퍼센트, 60~80세 남성의 21퍼센트에서 남성 호르몬 수치가 정상치 이하로 떨어진다고 알려져 있습니다. 50대 남성의 50퍼센트 이상이 성 기능 저하를 경험하는 것으로 알려져 있는데 실제로는 이 수치를 훌쩍 뛰어넘을 것이 분명합니다. 그러니 중년에 성 기능이 저하되는 것을 두고 왜 나만 이러냐고 한탄할 것이 아니라 누구나 겪게 되는 일반적인 현상이라고 인식하는 것이 중요합니다.

중년 남성의 성 기능이 저하되는 또 다른 원인은 스트레스입니다. 중년 남성을 우울하게 만드는 원인은 너무 많아서 일일이 열거하기도 힘듭니다. 돈 문제, 자식 문제, 부부 갈등……. 거기다 노령의 부모님까지 부양해야 한다면 압박감이 이만저만 아니죠. 게다가 책임은 얼마나 많습니까! 늘어난 책임을 나눠줄 수 있는 사람은 별로 없으니 거의 혼자 떠안고 살아야 하는데 그 무게가 남자의 물건을 툭 떨어뜨리는 것이지요. 경제적인 압박이나 무능한 부하직원 때문에 스트레스를 받는다면 남 탓하면서 그럭저럭 견딜 수도 있겠지만 발기가 안 되는 건 남 탓하기도 애매하죠. 친한 친구가 아니라면 털어놓기도 민망하고요. 요즘 같은 세상에 이런 이야기 잘못 꺼냈다가는 성희롱으로 문제가 될 수도 있으니 얘기할 곳이 없습니다.

성 기능에 집착하고 걱정하는 건 전혀 도움이 되지 않습니다. 시간의 흐름에 따라 거스를 수 없는 생리적 변화를 인정하지 못한다면 스트레스만 더 커질 뿐입니다. 말을 하지 않아서 그렇지 우리 주변에는 '오늘 밤 잘 세울 수 있을까!'라며 고민하는 중년이 차고 넘치니까요. 겉으로 아무렇지 않은 척하고 살 뿐이죠.

그래도 뭔가 노력해보고 싶다면 딱 한 가지만 기억하면 됩니다. 몸과 마음을 가볍게 하는 것. 뱃살이 늘고 과체중이라면 이것부터 해결하세요. 체중 관리를 잘하면, 특히 뱃살만 줄여도 성 기능은 몰라보게 좋아지니까요. 마음을 무겁게 하는 것이 있다면 그것도 떨쳐내기 바랍니다. 스트레스나 걱정, 집착, 불안은 마음을 짓누를 뿐만 아니라 남자의 물건도 짓누릅니다. 몸과 마음이 가벼워지면 시간 따라 떠나버린 것 같았던 나의 은밀한 힘이 어느새 곁에 돌아와 있다는 걸 느끼게 될 겁니다.

> 생각 공부 <

마흔의
사춘기,

사추기

　'이런 걸 중년의 위기라고 하나? 누구는 마흔에 사춘기가
다시 찾아온다고 하던데 내가 그런가? 내 마음을 나도 모르겠
어. 혼란스러워. 누가 뭐라고 시원하게 이야기를 해줬으면 좋
겠어. 다른 사람도 그런 건지 나만 이런 건지.'

　이런 생각을 해본 적 있으신가요? 요즘 자기 모습이 어떤
것 같나요? 스스로는 제대로 못 보니까 가장 가까이 있는 배우
자나 친구에게 물어보세요. "요즘 나 뭐 달라진 것 없어?"라고.
하루종일 붙어 있는 직장 동료에게 물어도 좋습니다. "그렇잖
아도 내가 말하려고 했는데, 너 요즘 까칠해졌어. 도대체 왜 그
래!"라는 답이 돌아온다면 40대의 사춘기, 즉 사추기에 들어선
겁니다.

곰곰이 생각해보세요. 사춘기라 부르던 그 시절 나는 어땠는지. 그때 이유 없이 화가 나고 짜증을 부린 경험 기억나지 않으세요? 좋은 말로 조언해도 듣기 싫다고 버럭 했던 적 있을 겁니다. 별것 아닌 한마디에 상처받고 등을 돌리기도 했을 거고요. 고작 십몇 년을 살고 인생 초탈한 것처럼 굴기도 했을 겁니다. 뇌에 고장이라도 난 것처럼 굴기도 했을 거고요.

말도 안 되는 상상을 하고 제멋대로 행동한 적도 있을 겁니다. 예측할 수 없는 행동으로 가족을 어리둥절하게 만들고 갑자기 눈물을 흘리며 가까운 사람을 가슴 아프게 만들기도 했을 거예요. 사추기도 사춘기랑 똑같습니다. 단지 나이만 더 들었을 뿐 사추기나 사춘기의 본질은 비슷합니다.

'나는 누구인가, 앞으로 어떻게 살아야 할까?'에 대한 고민이 깊어졌다면 사추기입니다. 정체성의 혼란이 사춘기 심리 변화의 근원입니다. 내가 누구인지 혼란스럽다는 말은 사춘기의 전매특허가 아닙니다. 사추기도 그렇습니다. 오히려 마흔의 사춘기가 10대의 사춘기보다 더 아픕니다.

"나는 사추기 없어. 지금도 잘 지내고 있고, 앞으로도 문제없어!"라고 큰소리치는 사람도 있을 텐데요, 너무 장담하지 마세요. 인생의 정오를 지나 중년기로 접어들면 자기 내면을 들여다봐야 합니다. 이때 혼란을 느끼는 건 정상적인 반응입니다. 그런데 나는 괜찮다고 하는 사람은 그 나이에 반드시 겪어야 할 통과의례를 무시하는 것과 같습니다. 그래서 오히려 더

81

위험합니다. 평탄하게 중년을 넘긴다면 시간이 흐른 뒤에 허탈감과 공허가 찾아옵니다. 마흔에 괴로운 게 훨씬 더 낫습니다. 그나마 변화에 필요한 시간과 에너지가 남아 있을 때니까요.

당신이
상상하는

일탈은
무엇인가

　꾹꾹 눌러놓았던 꿈과 희망을 더 이상 억누를 수 없을 때가 있습니다. 참는 것도 한계가 있는 법. 수영장에서 두 팔로 공을 물속으로 꾹꾹 누르고 있다가 어느 순간 두 팔에 힘이 빠지면 물속에 있던 공이 툭 튀어나오지요. 아마 우리가 일탈이라고 부르는 행동이 있다면 이렇게 공기가 빵빵하게 들어찬 공이 물 밖으로 튀어나오는 느낌과 같을 겁니다.

　일탈이라고 하면 왠지 나쁜 뉘앙스로 받아들이기 쉬운데 절대 그렇지 않습니다. 일탈이 삶에 도움이 되기도 하니까요. 그러니까 일탈이라고 다 같은 일탈이 아닙니다. 평소에 하지 않던 행동을 하거나 새로운 영역에 도전할 때 이것이 과연 어떤 일탈에 해당하는지 따져볼 필요가 있습니다.

"아무도 없는 산속에 들어가서 혼자 살고 싶어요." 이런 이야기, 정말 자주 듣습니다. 이런 말 하는 사람치고 정말 산속에 들어가는 사람은 한 명도 보지 못했지만요. "스트레스 어떻게 푸세요?"라고 물었을 때, "술 마시고 풀어버리죠"라는 말도 정말 자주 듣지요. 반대로 "제가 술을 못 마셔서 스트레스도 못 풀어요. 술 마시고 취하기라도 하면 좋을 텐데……"라고 말하는 사람도 제법 많습니다.

과연 이렇게 산속에 들어가고 술에 취해 자기를 놓아버릴 수 있다면 몸과 마음이 홀가분해질까요? 그렇지 않을 겁니다. 사람은 어차피 영원히 혼자 살 수 없는 법이고 술이 깨고 나면 후회가 남고 몸은 더 축났을 테니 현실의 괴로움은 더 커져 있을 겁니다.

이런 것은 회피라고 부르는 심리-행동 기제입니다. 단순히 현실에서 벗어나는 것이 아니라 부딪쳐서 견디고 버텨야 하는 일에서 도망가고 싶은 마음에 지배당하는 것이지요. 회피는 스트레스 상황에서 가장 먼저 일어나는 심리 반응이기도 합니다. 힘든 일이 있으면 '그래 당장 이겨내야지!' 하지 않고 '아, 어떻게든 벗어나고 싶다!'라는 마음이 보편적입니다. 회피하고 나면 현실의 무게는 더 커집니다. 당장은 편해도 나중에 감당해야 할 부담은 늘어납니다. 중년의 일탈이 회피를 위한 목적이라면 끝이 좋을 리 없습니다.

자극을 좇는 일탈도 있습니다. 일상이 무료해지면 자극이 필요해집니다. "일주일 내내 일하느라 바빠 죽겠는데 무료는 무슨!" "애들 뒷바라지, 남편 뒷바라지하다 보면 눈코 뜰 새 없는데…… 나도 심심해봤으면 좋겠다!"라고들 하지만 무료함은 바쁜 것과는 또 다른 문제입니다. 일상이 아무리 바빠도 그것이 반복되면 무감각해집니다. 매일 똑같은 하루를 살면 어느 순간 삶에서 즐거움은 사라지게 마련입니다. 열심히 살아도 허무함만 남습니다. 뇌에서 도파민은 점점 더 적게 나옵니다. 도파민이 사라지면 짜릿함도 열정도 활력도 느낄 수 없습니다.

이렇게 되면 새로운 자극으로 도파민을 분출시키려고 시도합니다. 쇼핑을 하거나 바람을 피우거나 도박에 빠지기도 하죠. 이런 자극들은 도파민을 빨리 강하게 분출시켜 일시적으로 쾌감을 느끼게 해줍니다. 하지만 오래 지속되지 않습니다. 점점 더 강한 자극이 있어야 짜릿함을 느낍니다. 자극에 중독되어버리는 것이지요. 일상의 소소한 행복감은 느낄 수 없게 됩니다.

반면 긍정적인 일탈은 이런 겁니다.

"결혼하고 애 낳고 남편과 시댁을 위해서 최선을 다해 살았어요. 그런데 지금 돌이켜보니 나만 빼고 모두 다 행복하더라고요. 나만 빼고요."

결혼 전에 자신의 일을 하면서 최선을 다하며 살아왔던 30대 후반 여성이 결혼 후 달라진 자기 마음을 이렇게 표현하더군요. 우리 가족은 나만 빼고 다 행복한 것 같다면서요. 이렇게

85

지내다 보면 마음속에서 '이전의 나로 돌아가고 싶다, 나도 자유롭고 싶다, 나도 내가 원하는 것을 하고 싶다'라는 열정이 꿈틀댑니다. 남편을 위한 삶, 아이를 위한 삶, 가족에게 최선을 다하는 삶이 아니라 나를 위한 삶을 살고 싶어집니다. 이런 상황에서 일탈이 필요합니다. 삶의 균형을 깨뜨려야 하는 것이지요.

우울증으로 상담하던 40대 직장 여성이 회사를 그만두기로 했다고 하더군요. 테헤란로에 있는 잘나가는 외국계 기업에 다니며 승승장구해오던 그녀는 암 진단을 받았습니다. 다행히 수술로 암을 제거하고 힘든 항암 치료도 잘 견뎌냈습니다. 휴직을 했다가 치료가 끝나서 복직했습니다. 그런데 얼마 지나지 않아 사직을 결심했다고 했습니다.

"회사 다닐 때는 수시로 야근을 했고, 설사 야근을 하지 않더라도 집에서 저녁을 먹어본 적이 없었어요. 휴일도 없이 일했지요. 그런 삶이 당연하다고 여겼어요. 하지만 이건 아닌 것 같아요. 이제는 나도 내 삶을 찾아서 살고 싶어요."

그녀는 이전의 자기 모습에서는 상상도 할 수 없는 다른 삶을 살아보고 싶다고 하더군요. 조그만 술집을 하나 차려 많은 사람들을 만나고 허물없이 어울리고 싶다고 했습니다. 기분에 취해 술 한잔 주고받으며 자유롭게 사는 것이 그녀의 바람이었습니다.

일탈에는 불안이 따르게 마련입니다. 살던 대로, 평소 하던 대로 하면 불안을 느끼지 않겠지만 살아가는 맛 또한 느낄 수 없게 됩니다. 내가 지금 하고자 하는 것을 상상하면 두려운 느낌이 따라오는 것은 자연스러운 반응입니다. 하지만 감미로운 긴장감이죠.

회피하고 자극을 좇는 일탈은 죄책감을 일으킵니다. 감미로운 긴장감과 죄책감은 구별해야 합니다. 스스로에게 물어보세요. '앞으로 5년 후 나는 어떤 모습으로 살고 싶은가?' 지금 이 순간의 일탈이 5년 후 내가 그리는 그 모습과 자연스럽게 연결된다면 감미로운 긴장감을 느낄 겁니다. 그렇지 않으면 죄책감이 따라오게 마련입니다. 윤리적으로나 도덕적으로 잘못했기 때문에 느끼는 죄책감도 있지만 마땅히 내 모습이어야 하는 것을 향해 나아가지 못할 때 느끼는 죄책감도 있습니다. 이런 죄책감을 '내재적 죄책감intrinsic guilty'이라고 합니다. 죄책감은 진정한 자신의 모습에서 벗어나고 있다는 신호입니다.

일탈이 없다면 내일은 오늘과 같을 것이고 자신의 미래가 뻔히 보이는 삶을 살게 될 겁니다. 그럼 삶에서는 윤기가 사라지고 맙니다. 어차피 결론이 나 있는 인생, 더 살아야 뭐 하나 하는 허무함이 찾아옵니다. 인생은 우리가 사는 그것이 아니라 산다고 상상하는 그것이라고 하지 않던가요. 현실이 어떻든 우리는 매 순간 일탈을 꿈꾸어야 합니다. 일탈을 꿈꾸고 그것을 향해 몸을 던질 수 없다면 제대로 산다고 할 수 없을 겁니다.

> 생각 공부 <

복잡한
사람이

강하다

사람은 언제나 한결같아야 한다고들 하지만 실제로 그런 사람은 존재하지 않습니다. 자기 자신에 대한 주관적인 평가와 인식을 '자기개념self concept'이라고 합니다. '나는 누구인가? 어떤 일을 잘하는가? 가족과 사회에서 역할은 무엇인가?'라는 질문에 대한 응답에 따라 자기개념이 다르게 구성됩니다. 다양한 역할과 관계를 경험하면서 내면에는 여러 가지 자기개념이 자리 잡습니다. 개인의 정체성을 형성하는 자기개념들의 속성이 서로 모순적이고 이질적인 정도를 일컬어 '자기복잡성self complexity'이라고 합니다.

일 처리가 꼼꼼하고 자기주장이 강한 직장인이 퇴근 후에 친구를 만나면 묵묵히 고민을 들어주고 집에서는 아내에게 꼼

짝 못 하는 순한 양이 되었다가 자녀를 훈육할 때는 호랑이 같은 아빠가 되기도 한다면 이 사람의 내면에는 완벽주의자, 푸근한 친구, 순종적인 남편, 호랑이 아빠라는 자기개념이 함께 존재하고 있는 것입니다. 언뜻 보면 서로 모순되는 속성들이 공존할 때 자기복잡성이 커집니다.

교수 직함을 가진 어떤 남자가 집에서도 교수 역할에 빠져서 자녀와 아내를 가르치려 하고 취미생활도 하지 않고 연구실에만 콕 박혀 있고 자신을 대접해주지 않는 사람과는 어울리지 않으면 자기복잡성은 줄어듭니다. 기혼 여성이 두 아이의 엄마라는 자기개념에만 의존하지 않고 '나는 누구와도 잘 어울리고 혼자 있을 때는 뜨개질을 하고 신앙생활을 열심히 하며 남편보다 산을 더 잘 탄다'라고 자신의 특성과 역할을 다채롭게 규정하고 있다면 자기복잡성은 커집니다.

스트레스가 넘쳐나는 현실에서 건강하게 버티려면 자기 정체성이 복잡해야 합니다. 자기복잡성이 큰 사람일수록 스트레스를 받아도 덜 괴로워하고 우울증에 걸릴 위험도 낮습니다. 다양한 정체성이 스트레스에 대한 완충 역할을 하기 때문입니다. 하나가 잘못되어도 다른 자기개념들이 자신을 지탱해주기 때문입니다.

진정한 나는 하나가 아닙니다. 내 안에는 여러 개의 자아가 있습니다. 그중에 어느 것이 진짜이고 어느 것이 가짜라고 할 수 없습니다. 나라는 사람은 다양한 자아가 모여 이뤄진 집

89

합체입니다. 단일한 자기개념에만 집착할 때 마음의 고통이 생깁니다. 다양한 자아 중에 일부만 인정하고 못마땅하게 느껴지는 것을 부정하고 억압할 때 문제가 됩니다.

복잡성은 인간을 구성하는 기본적인 조건입니다. 복잡성이 줄어든다는 것은 마음이 메말라가고 있다는 뜻입니다. 한 가지 자기상self image에만 자신을 과도하게 동일시하는 건 배만 볼록 나오고 팔다리는 근육 하나 없이 가늘어진 몸으로 살아가는 것과 다를 바 없습니다. 승진과 돈, 인정과 평판……. 삶의 다양한 가치 중에 한 가지에만 모든 것을 걸면 자아는 쪼그라듭니다. 새로운 사람을 만나고, 낯선 곳으로 여행을 떠나고, 평소 듣지 않던 장르의 음악에도 관심을 기울일 때 나의 정체성도 다양하게 분화됩니다.

마음 건강을 위해서는 한결같고 단순해지기보다는 복잡한 속성을 내면에 골고루 품고 있어야 합니다.

고통에
대처하는

자세

　대학을 갓 졸업한 딸을 대장암으로 잃은 50대 초반의 여성 내담자 이야기입니다.

　"죽을 때까지 매일 잊지 않고 생각할 것 같아요. 나는 막내딸을 가슴에 품고 살고 있어요. 그 아이는 공부를 더 하고 싶어 했고 서울에 가서 취직하려고 했는데 나는 딸을 제 곁에 두고 싶어서 내 일을 도우라고 했지요. 오빠와 언니들은 내 말을 듣지 않았어요. 그런데 막내딸만 내 의견을 받아들였죠. 미안하고 고마웠어요. 대학을 졸업하자마자 내가 하는 가게에서 일을 돕기 시작했어요. 그렇게 1년이 흘렀을까요. 가게에서 일을 하던 아이가 갑자기 쓰러졌어요. 급히 병원에 가서 검사를 해보니 대장암 말기라고 장이 파열되었다고 하더군요. 그러고는 얼마 지나지 않아 천사가 되었어요. 그게 벌써 5년 전 일이네요."

　내가 고민하고 행했던 모든 일, 내가 하고자 했던 모든 일, 내가 남을 위해서 하고자 했던 일들이 과연 처음의 의도처럼 그대로 진행될 수 있을까요. 고민하고 숙고하고 헤아려서 행한 일들이 항상 예측된 결과만을 가져오지는 않습니다. 인생의 모든 일은 그냥 생기는 것이기 때문이지요. 내가 원해서, 내가 찾고자 해서 주어지는 것이 아니라 그냥 생기는 것입니다. 5년 전 딸의 죽음은 내담자에게 고통과 죄책감을 가져다주었을 것입니다. 딸을 따라서 죽고 싶었다고 합니다. 그렇게 해야 마음이 편할 것 같았다면서요.

　"지금도 막내딸은 천사가 되어 내 곁에 같이 있어요."

　세월이 흘러 어머니는 딸이 천사가 되어 영원히 편안하게 자신의 곁을 지켜주고 있다고 생각합니다. 냉정한 정신과 의사라면 딸의 죽음을 이렇게 해석하는 것을 두고 스스로를 위로하기 위해 만들어낸 소망쯤으로 치부할 수도 있겠지만 저는 이 어머니의 믿음이 진실이라고 느꼈습니다.

　막내딸이 죽었을 때는 왜 내게 이런 시련이 닥쳤는지 아이는 왜 내 곁을 이리도 빨리 떠나야 했는지 이유를 알고 싶었겠지요. 신에게도 물어봤을 것이고 어쩌면 조상들에게도 물어봤겠지요. 그래도 이유는 알 수 없었을 겁니다. 불완전하고 나약한 인간은 절대로 이유를 알 수 없습니다. 우리가 할 수 있는 일은 시간의 힘을 믿고 주어진 운명의 의미를 깨달을 때까지 기다리는 것뿐입니다. 어머니는 딸이 천사가 될 운명이었다는 걸 깨달았습니다. 천사가 되어 가족과 이웃을 돌보고 있다고 말이지요.

지방에서 적지 않은 규모의 사업체를 일군 50대 초반 남성 내담자의 사연입니다. 그는 폐섬유화증 진단을 받았습니다. 폐가 딱딱하게 굳어지는 병으로 정확한 원인도 모르고 완치법도 없습니다.

"지금 당장은 증상이 없어요. 병도 느리게 진행된다고 합니다. 담당 의사 선생님께서는 신경 쓰지 말고 평소처럼 생활하라고 하더군요. 지금 특별히 먹는 약도 없어요. 나를 안심시키기 위해서인지 몰라도 진행도 느리고 빠른 시간 내에 신약이 나올 수도 있으니 희망을 갖고 기다리자고 합니다. 그런데 저는 이 말이 전혀 편하게 들리지 않았어요. 차라리 속 시원하게 어느 정도 살 수 있는지 얘기해주면 좋겠더라고요. 인터넷에서 내가 가진 질병의 원인과 치료, 수기를 찾아다녔죠. 알아갈수록 더 우울해지더군요. 어떤 글을 읽으면 남은 시간이 5년이라고 하고 다른 곳에서는 10년이라고 하고.

점점 우울해지더니 요즘은 사는 것도 의미가 없어졌어요. 예전에는 하루가 멀다 하고 골프를 치고 사업도 굉장히 열심히 했어요. 사업체 하나가 안정되면 다음 사업체를 사들이고, 전문 경영인을 밑에 두고도 참견하는 일이 많을 정도로 활력도 넘쳤죠. 진단받은 뒤부터는 이런 사업이 무슨 의미가 있나 싶어요. 곧 죽을 텐데……. 내일 당장 죽을지도 모른다는 생각에 밤이면 불안에 떨어요. 사업에도 신경 쓰지 않게 되었고 결재도 미뤄두었어요. 어느 순간부터는 사업체를 하나씩 정리해야겠다는 생각이 들더군요. 인생도 정리해야겠다는 생각이 들고요."

다행히 심리치료를 시작하고 1~2개월 정도가 지나 기분과 의욕이 많이 호전되었습니다. 평소에 관심이 있던 분야였는데 바쁘다는 핑계로 계속 미뤘던 사진 공부를 하기 위해 강좌를 듣기 시작했습니다. 건강에 대한 걱정 때문에 진행하지 못했던 새로운 공장 설립도 다시 시작하려고 계획 중이라고 했습니다. 그러나 지금도 여전히 죽음을 생각하면 모든 것이 부질없이 느껴져서 갈팡질팡합니다. "사장님, 어떻게 마음을 다스리고 계세요?"라고 물었습니다.

"내가 병 때문에 다 포기하고 나면, 나중에는 병과 나만 남을 텐데 그렇게 살면 무슨 의미가 있나 하는 생각이 들었습니다. 병 때문에 모든 것을 포기하면 시간이 흘러 새로운 치료법이 나와서 병을 치료할 수 있게 되더라도 내 삶에 남은 것이 하나도 없을 텐데 그런 삶은 의미가 없을 것 같더군요. 내가 질병으로 삶을 가득 채우고 있었다는 생각을 하니까 정신이 번쩍 들었습니다. 내게 어느 정도 시간이 남았는지 모르지만 앞으로 어떻게 채워나갈지에 집중해야겠다고 마음먹게 되었습니다. 지금도 불안과 싸우고 있지만……."

서서히 진행되는 질병 때문에 인생 시계의 초침이 움직이는 소리를 매 순간 들을 수밖에 없다면, 그래서 자기 인생의 시계는 다른 사람보다 두세 배쯤 빨리 간다면 어떻게 살아야 제대로 사는 걸까요? 어떻게 해야 의연하게 견딜 수 있을까요?

모든 삶은 악조건 속에서도 살아가는 것이며, 그럼에도 불구하고 그 속에서 의미를 찾아내는 일입니다. 인간의 심장은 인생의 의미와 목적을 발견하고 그것을 달성하지 않는 한 멈출 수 없다고 하지 않던가요. 의미를 추구하려는 의지를 잃는 순간 인생의 시계도 멎게 되는 것이 아닐까요.

산다는 것은 쉽지 않은 일입니다. 행복하고 즐거울 수만은 없습니다. 고통은 인간을 구성하는 본질적인 필수 조건입니다. 누구도 고통에서 자유로울 수 없습니다. '왜 하필 나야!'라고 생각하기 시작하면 고통은 배가됩니다. 고통이 찾아왔을 때 가장 도움이 되지 않는 생각이 바로 '왜 하필 나에게 이런 일이 생겼나!' 하고 괴로워하는 것입니다.

살다 보면 누구에게나 도저히 이해할 수 없다고 느끼는 시련이 찾아오게 마련입니다. 어느 날 갑자기 남편이 심장마비로 죽고, 사랑하는 아들이 교통사고를 당하고, 우울증을 앓던 동생이 자살로 죽고, 아버지가 더 이상 치료가 불가능한 말기 암이라고 진단받을 수도 있습니다. '왜 이런 시련이 내게 닥친 것이지?' 하고 자문하는 일을 누구나 겪습니다. 마음의 상처와 고통은 우리 삶에 허락도 없이 찾아옵니다. 극복하는 것은 불가능한 일입니다. 나약한 인간의 힘으로 이런 일들을 어떻게 극복해낼 수 있겠습니까.

고통을 있는 그대로 받아들이고 그 속에서 의미를 찾아야 합니다. 지혜로운 사람은 삶에서 겪어야만 하는 시련을 이렇게 부릅니다.

'삶의 고통은 깨달음을 촉구하는 신이 보낸 메시지.'

'고통은 새로운 방향으로 나아가라는 우주가 보낸 메시지.'

'고통과 충격은 자기만의 길을 가도록 인도하기 위해 나타난 길잡이.'

'고통은 지친 영혼을 새롭게 담금질하라는 의미.'

'상처가 아물어 새로운 살이 돋아나 새롭게 되라는 의미.'

'고통은 성장을 위한 동기.'

'고통은 삶의 의미를 가르쳐주는 것.'

'고통은 진정한 자아를 만나기 위한 기회.'

종교의 가르침 또한 다르지 않습니다.

'시련 속에는 하느님의 숨은 의도가 있다.'

'고통 속에는 하느님의 큰 뜻이 숨겨져 있다.'

아내를 잃고 괴로워하는 내담자에게 빅터 프랭클 박사는 묻습니다. "만약 아내를 남겨두고 당신이 대신 먼저 세상을 떠났다면 남겨진 아내의 마음은 어떨까요?" 내담자는 대답합니다. "아내라면 이런 고통을 견딜 수가 없을 거예요. 아내가 어떻게 견디겠어요." 프랭클이 말합니다. "보세요. 당신 덕분에 아내가 이렇게 큰 시련을 면할 수 있었던 겁니다. 그리고 아내가 이런 시련을 당하지 않도록 해준 것이 바로 당신입니다. 당신은 살아남아서 아내를 위해 더 많이 슬퍼해야 합니다."

내가 겪는 고통이 주는 메시지가 무엇인지 나에게 무엇을 가르쳐주는지 고통을 통해 나에게 어떤 힘을 주는지 찾아가는 과정이 필요합니다. 고통을 주는 모든 일은 나를 가르치기 위해 삶에서 주어지는 것입니다. 삶의 진정한 깨달음은 고통을 받아들이는 순간에 시작됩니다. 인간은 고통이 찾아왔을 때 존재의 의미를 찾게 됩니다. 고통이 품고 있는 최고의 가치는 숭고한 체험을 촉구하는 데 있습니다.

세상의 모든 현자는 이렇게 말합니다.

"인생을 살다가 역경을 만났을 때 그 역경을 통해 아무것도 배우지 못했다면 그 역경은 형벌일 뿐이다. 하지만 무언가를 배웠다면 그 역경은 수업료일 뿐이다."

고통을 통해 깨달은 진정한 삶의 가치를 온몸으로 증명하며 살아야 합니다. 어쩌면 우리의 삶이란 시련과 고통이 자신에게 던지는 질문에 정직하게 답하고 그 속에서 찾은 인생의 숙제를 고통 이후에도 계속해서 풀어가야 하는 과정일지도 모릅니다. 아름다운 나무의 열매는 꽃이 진 뒤에 맺히는 법입니다. 사람도 상처받은 후에야 삶의 아름다움을 볼 수 있습니다. 고통은 지나가고 아름다움은 남는다고 화가 르누아르Auguste Renoir도 말하지 않았던가요.

시간이
주는

놀라운
치유

　상담을 하다 보면 나 자신이 의사로서 얼마나 무력할 수밖에 없는지 절감하곤 합니다. 고통에 빠진 이에게 어떤 도움도 줄 수 없고 어떤 조언도 그에게 위로가 될 수 없을 때가 많습니다. 이때 제가 할 수 있는 말은 "시간의 힘을 믿고 우리 같이 기다려봅시다"라는 것뿐이었습니다.

　세상에 변하지 않고 가만히 제자리에 있는 것은 아무것도 없습니다. 사람의 삶도 그렇죠. 변하고 변하고 또 변하는 것이 진리입니다. 기다리다 보면 언제 그랬냐는 듯이 새로운 무언가가 자신을 향해 모습을 드러내는 순간이 찾아옵니다. 우리는 그때까지 기다려야 합니다. 인간이 가진 힘은 새로운 것을 만들어내는 능력이 아니라 새로운 무언가가 그 존재를 드러내는

99

순간까지 기다릴 줄 아는 능력입니다. 어쨌든 우리는 기다리고 견뎌야 합니다.

한 여성 내담자의 사연을 잊을 수 없습니다. 20대 초반에 가난한 남편과 결혼해서 아들 둘을 뒀습니다. 남편과 함께 사업을 시작한 내담자는 가진 것이 없으니 성실함 하나로 버텼습니다. 공장에서 쪽잠을 자고 단칸방으로 내몰릴 때도 있었습니다. 어느덧 사업이 안정되고 돈도 많이 벌었습니다. 그런데 그때부터 남편은 계속 여자 문제를 일으켰습니다. 전쟁 같은 시간을 보냈습니다. 이혼하고 싶었지만 두 아들을 생각해서 참았습니다. 아들들이 결혼할 때까지만 참고 살겠다 마음먹었던 것이지요.

그런 그녀에게 위암 선고가 내려졌습니다. 왜 자꾸 이런 힘들 일만 생기느냐며 눈물을 흘리더군요. 그렇잖아도 힘든데 정말 죽고 싶다고 이렇게 살아서 뭐 하겠냐고 했습니다.

"결혼해서 고생할 때는 사업만 잘되기를 바라고 살았는데 막상 좀 살 만한가 싶더니 남편이 바람을 피우더군요. 그것도 버티고 언젠가 좋아지겠지 했는데…… 암 수술을 받게 되었네요. 인생이 허무하고 죽고 싶을 때가 한두 번이 아니었어요. 밤에는 잠도 못 자고 남편만 생각하면 가슴에서 열불이 올라 죽이고 싶을 정도였죠. 내가 암에 걸린 것도 다 남편 때문이라는 생각이 들었어요."

그런데 암 수술 이후에 병원을 찾아온 그녀의 표정은 밝아져 있었습니다.

"암 수술을 받고 났더니 죽고 싶은 마음이 싹 사라졌습니다. 어떻게든 살아야지 하는 마음이 커졌어요. 더 견디고 버텨봐야 비로소 내 인생에 뭐가 더 남아 있는지 알 수 있을 것 같다는 생각이 번쩍 들더군요. 그걸 내 두 눈으로 꼭 보고 싶어요. 버티고 견디다 보면 분명히 다른 일이 생기지 않겠어요? 아들 장가가는 것도 봐야 하고. 손주도 한번 안아봐야 하지 않겠어요? 내가 할 수 있는 일이 그냥 끝까지 버텨보는 것 외에 뭐가 있겠어요."

한강 다리에서 자살을 시도하는 사람이 가장 많이 뛰어내리는 곳은 다리 중간이 아니라 다리가 시작되는 초입쯤입니다. 자살을 시도하는 사람이 다리에 들어서자마자 뛰어내린다는 것은 그만큼 충동적이라는 뜻이겠지요. 하지만 충동적인 생각은 시간이 지나면 사라지는 경우가 많습니다.

인생을 마감하려는 강렬한 충동도 그 순간만 버텨내면 시간의 힘으로 자연히 희석되게 마련입니다. 아무리 죽고 싶은 마음이 들더라도 시간의 힘을 믿고 기다린다면 왜 살아야만 하는지에 대해서도 깨달을 수 있습니다. 왜냐하면 인간이 왜 살아야 하는지, 그리고 그 삶은 어떤 목적을 갖고 있는지를 규정하는 것은 다른 무엇이 아니고 바로 시간이기 때문입니다.

긍정적인 사람과 부정적인 사람의 차이는 시간의 힘을 믿느냐 그렇지 않느냐에 달려 있습니다. 긍정적인 사람은 앞으로

> 생각 공부 <

좋은 일이 생길 거라 믿는 것이 아니라 나쁜 일이 생겨도 시간이 지나면 사라진다는 것을 압니다.

우리는 자기 자신이 삶을 만들어간다고 믿습니다. 과연 그럴까요? 인생은 시간이 지어낸 결과물입니다. 필연이든 우연이든 정해져 있는 결론이든 아니든 간에 시간이 우리와 우리 삶을 만들어가는 것이지요. 그 속에서 우리가 할 수 있는 일은 인간과 삶을 이해하고 의미와 가치를 부여하는 것뿐입니다. 우리가 사라진다 해도 우리의 이야기는 그대로 남으니까요.

인생은 하나가 끝나고 다음이 다시 시작되는 단편소설이 아니라 죽을 때 완성되는 장편소설입니다. 부족하고 아쉬운 것들이 채워지기를 간절히 바라면서 기다리면 됩니다. 그러면 우리 마음은 그것을 이룰 수 있는 방법들을 시간의 힘을 빌려 자연스럽게 찾아갑니다. 나중에 시간이 흘러 죽음이 자기 앞에 찾아왔을 때가 되어서야 인생이라는 소설이 어떻게 완결되었는지 알 수 있습니다. 시간이 흘러야만 그동안 보이지 않던 것을 비로소 볼 수 있게 됩니다. 인생이 짧아 보여도 훌륭하고 영예롭게 살기에는 충분히 깁니다.

2

나와 당신을 절실하게 느껴야 하는 시간

감정 공부

스트레스가
나를

속이고
있다

우리는 죽기 전까지 한순간도 스트레스로부터 자유로울 수 없습니다. 그런데도 스트레스를 없애야 한다, 스트레스를 날려버리겠다고 목소리를 높이죠. 스트레스받아 미치겠다는 말을 입에 달고 삽니다. 스트레스라는 말에 속지 말아야 합니다. 아무리 훌륭한 정신과 의사도 스트레스를 해결해줄 수는 없습니다. 이렇게 말하면 실망하는 사람도 있고 그럴 줄 알았다며 당연하게 받아들이는 이도 있습니다. 뭔가 환상적인 치료법이 있을 것이라 믿었던 이는 실망합니다. 스트레스는 본래 못 푼다고 너무 쉽게 받아들이는 사람도 속고 있기는 매한가지입니다. 자기 문제에 너무 일찍 눈감아버린 것이니까요.

스트레스성 피로 증상과 근육통 때문에 상담실을 방문한

105

대기업 임원 민규 씨에게 "제일 스트레스받는 것이 무엇인가요?"라고 물었더니 "마누라가 바가지만 긁지 않아도 스트레스받을 일 없습니다"라고 대답하더군요. 자신의 최대 스트레스는 아내의 잔소리라는 것입니다. 아내가 순종적이라면 만사형통이라고까지 말했습니다.

그는 지난 1년 동안 업무 스트레스가 극에 달했습니다. 책임지고 있는 부서의 실적이 부진했고 이러다가 회사에서 잘릴지도 모른다는 압박감에 시달렸죠. 매일 늦은 시간까지 야근을 했습니다. 별일이 없어도 회사에서 자리를 지켰습니다. 그래야 안심이 됐습니다. 일이 빨리 끝나면 부하직원의 사기를 올리려고 회식을 했습니다.

아내는 민규 씨가 늦게 퇴근을 하든 말든 신경도 쓰지 않았습니다. 술 마시고 늦게 들어온 그를 향해 아내는 "매일 늦게 오더니 이제는 술까지 처먹냐! 그 시간에 애들하고 놀아주면 어디가 덧나냐!"라고 소리를 질렀습니다. 민규 씨는 하소연하듯이 말했습니다. "회사일도 힘들어 죽겠는데, 마누라까지 계속 바가지를 긁어요. 마누라 때문에 정말 죽을 맛입니다."

하지만 진짜 문제는 민규 씨의 행동과 내면에 있었습니다. 그는 불안한 나머지 여유 시간이 있어도 스트레스 면역력을 제대로 키우지 못했습니다. 스트레스받을수록 술과 담배를 줄이고 규칙적으로 식사하고, 자투리 시간에 운동을 해야 하는데 오히려 반대로 살아왔던 것이죠. 야근이 필요하지 않으면 일찍

퇴근해서 가족과 식사하고 아내와 적극적으로 스킨십도 해야
하는데 민규 씨는 불안 때문에 진짜 소중한 것들을 뒤로 미뤄
두었습니다.

그의 마음으로 들어가보니 스트레스에 속고 있다는 걸 알
수 있었습니다. 아내의 잔소리가 스트레스라고 했지만 사실은
콤플렉스가 원인이었습니다. 그의 어머니는 초등학생 시절 암
으로 돌아가셨습니다. 그는 어머니의 품이 그리웠습니다. 자신
의 모든 것을 받아주는 어머니의 애정에 목말라했습니다. 하지
만 그동안 자기 내면에 어머니 콤플렉스가 있다는 걸 알지 못
했습니다. 의식화되지 못했던 어머니 콤플렉스를 아내에게 투
사했던 것이죠.

자기도 모르게 아내에게 이상적인 어머니의 이미지를 기
대하고 바랐습니다. 아내의 헌신에도 불구하고 민규 씨는 늘
불만을 느꼈습니다. 이상화된 어머니 이미지와 현실의 아내를
비교했기 때문이죠. '아내는 애정과 노력이 부족하다. 내가 얼
마나 힘든지 알면 받아주고 이해해야지. 말하지 않아도 내가
원하는 것을 척척 알아서 해야지'라고 여기며 불만을 키워왔습
니다. 충족될 수 없는 어머니 콤플렉스가 자기 마음을 휘젓고
다닌다는 걸 모른 채 아내를 비난했으니 그도 그의 아내도 스
트레스에 시달릴 수밖에 없었습니다.

자기 내면의 어두운 그림자와 현실의 스트레스를 있는 그
대로 직면하는 것은 괴로운 일입니다. 그래서 보통 사람들은

마음의 문제를 회피하기 십상입니다. 어렵더라도 스트레스의 실체를 똑바로 보고 이면에 숨겨진 진짜 문제를 찾고 그것의 진정한 의미를 재발견해야 합니다. 당장 눈앞에 거슬리는 것이 아니라 '나의 내면에 이런 문제가 있구나. 그래서 힘들구나. 나에게 이런 욕구가 있구나'라고 의식화할 수 있어야 합니다.

콤플렉스가
알려주는

그림자

콤플렉스와 열등감을 같은 말처럼 여기지만 이 둘은 다릅니다. 외모 콤플렉스, 학벌 콤플렉스, 권력 콤플렉스, 어머니 콤플렉스, 섹스 콤플렉스, 돈 콤플렉스, 아버지 콤플렉스처럼 자신의 약점이나 숨기고 싶은 속성을 뜻하는 것처럼 쓰이지만 콤플렉스란 무의식에 존재하면서 강한 감정을 품고 있는 심리적 복합체를 일컫습니다. '감정에 의해 채색된 복합체'라고 정의할 수 있습니다.

멀쩡한 사람이 별것 아닌 말에 버럭 고함을 지르거나 얼굴이 벌겋게 달아오르거나 창백해지는 것도 콤플렉스가 활성화되기 때문입니다. 목소리가 떨리고 말문이 막히고 갑자기 횡설수설하는 것은 우리 마음속에 이런 현상을 일으키는 감정적 응

어리 때문입니다. 자아가 일관되게 보여주고 있던 통합성이 콤플렉스 때문에 방해받으면 이런 현상들이 일어납니다.

그렇다고 해서 콤플렉스가 불쾌한 감정만 유발하지는 않습니다. 우리가 느끼는 모든 감정이 경험과 뭉쳐져서 콤플렉스를 형성합니다. 마초 같던 남자가 드라마를 보고 눈물을 흘리거나 유순하던 아내가 호랑이로 돌변하는 것도 무의식에 있던 콤플렉스가 의식 밖으로 튀어나왔기 때문입니다.

트라우마도 콤플렉스가 됩니다. 어린 시절 사랑하는 가족의 죽음을 경험한 아이는 나중에 커서도 죽음이나 상실, 소멸과 관련된 자극을 받으면 강한 감정 반응을 일으킵니다. 강박적으로 뭔가에 집착하고 매달리거나 불안증에 시달리기도 하죠. 트라우마 경험이 정서적 충격과 함께 무의식에 녹아들어 죽음 콤플렉스를 형성한 것입니다. 무시당하거나 버림받은 경험 또한 콤플렉스가 형성되는 중요한 원인입니다. 심리적 갈등, 도덕적 갈등도 콤플렉스의 중요한 기원입니다. 몹시 하고 싶던 일이 강력한 반대에 직면해 좌절된 경험이 있다면 이 또한 강렬한 감정을 일으키고 이런 체험이 콤플렉스를 이룹니다.

어머니 콤플렉스에 지배당하고 있는 사람은 어머니가 말하고 느끼는 모든 것에 극도로 민감합니다. 어머니 이미지에 자극을 받으면 이성적 판단이 흐려지기도 합니다. 남자다움에 대한 열등감 콤플렉스에 휘둘리는 남자는 마초같이 행동하며 여성적인 것을 배격합니다. 감성적이거나 나약한 사람을 보면 참지 못합니다. 자기 안에 있는 열등감 콤플렉스를 자극하기 때문입니다. 콤플렉스가 많은 사람이 자기 안의 콤플렉스는 보지 못한 채 타인의 콤플렉스는 잘 알아차리기도 합니다. 이걸 마치 타인에 대한 공감이나 연민으로 착각하기도 하죠.

콤플렉스는 병적인 것이 아닙니다. 없앨 수도 없습니다. 자기 내면의 콤플렉스를 인정하지 않고 억누르려는 의식의 잘 못된 태도 때문에 병리적으로 변합니다. 방치하고 내버려두면 자아가 사로잡히고 맙니다. 콤플렉스에 대한 저항이 문제입니다. 그 안에는 두 번 다시 겪고 싶지 않은 기억과 감정이 담겨 있어서 우리는 그것에 직면하기를 두려워합니다. 콤플렉스를 깨닫기 위해서는 괴로움을 감수하려는 용기가 필요합니다.

자기 안에 있는 콤플렉스를 의식화하는 것은 성숙을 위한 중요한 과제입니다. 콤플렉스는 상처가 어디에 있는지 알려주는 이정표입니다. 자신의 콤플렉스를 인지하면 그 안에 담긴 정신적 에너지를 건강하게 활용할 수 있습니다. 콤플렉스는 성취에 필수적인 영감과 욕망의 원천입니다. 정신의 원동력이고 활력을 주는 발전소입니다. 콤플렉스를 회피하지 않고 인정하고 의식화하면 그 안에서 빛을 발견할 수 있습니다.

일단
나에게

관대할
것

상담을 하면서 가장 자주 쓰는 단어가 뭘까요? 우울, 불안, 분노? 정확히 측정된 적은 없지만, 단언컨대 스트레스라는 단어일 겁니다. 마음이 괴로운 이유를 밝힐 때도 "무엇 때문에 스트레스받아요"라고 하고, 자신이 얼마나 고통스러운지 호소할 때도 "스트레스받아 미치겠어요!"라고 합니다. 의사들은 환자에게 "스트레스가 만병의 근원이에요. 스트레스받지 마세요"라며 식상한 조언을 내뱉곤 하는데, 이 말을 들은 사람 백이면 백 '누군들 그걸 모르나. 스트레스받지 않으려고 해도 그게 안되니까 당신을 찾아왔지!'라는 억한 감정을 느낄 게 뻔합니다. 닳고 닳은 표현이라 환자의 마음을 움직일 수 없게 되어버린 것이죠.

저도 그만 써야겠다고 다짐하지만 진료를 하다 보면 어쩔 수 없이 스트레스라는 단어를 자주 입에 올리게 됩니다. 부끄러운 일화지만 몇 년 전에 한 기업체에서 '스트레스 다스리는 법'이라는 주제의 원고 청탁을 받고 나름대로 열심히 써서 보냈는데, 편집자에게 스트레스라는 단어가 너무 많이 들어가서 읽기 거북하다는 핀잔을 들은 적도 있습니다. 지금 이 글을 쓰면서도 조심하려고 주의하지만 여전히 잘 안 됩니다. 스트레스라는 단어를 쓰지 않고 말하기가 어려운 이유는 사는 동안 스트레스에서 결코 벗어날 수 없는 인간의 숙명 때문일 겁니다.

인터넷에서 한 군인이 총알 자국들이 선명하게 박힌 과녁을 양손으로 붙들고 앉아 있는 사진을 발견했습니다. 저는 이 사진을 스트레스를 주제로 강의할 때마다 활용합니다. 누군가 재밌으라고 상황을 연출한 것이겠지만 이 장면은 스트레스의 본질을 정확히 보여줍니다. 과녁을 들고 있는 사진 속 군인이 총 맞을까 봐 무섭다고 도망칠 수 있을까요? 속으로야 두려움에 떨고 있어도 절대로 과녁을 버리고 달아나지 못할 겁니다. 우리도 마찬가지입니다. 생활비를 벌어야 하고 집세와 세금도 내야 하고 아이들 교육도 시켜야 하니 괴롭더라도 그 상황에서 벗어날 수가 없습니다.

사람들마다 스트레스받는 상황은 제각각이지만 본질은 똑같습니다. 현실을 조절할 수 있는 권한과 능력을 자신이 갖고 있지 않다고 인식할 때 스트레스를 경험합니다. 내가 어떻게 할 수 없다는 인식이 바로 스트레스입니다. 이런 상황을 두고 '통제 소재locus of control가 외부에 있다'라고 합니다. 사장이 밤새도록 일하면서 받는 스트레스와 말단 직원이 상사의 지시 때문에 어쩔 수 없이 밤새우며 느끼는 스트레스가 다른 것은, 사장은 자기 의지대로 일을 조절할 수 있다는 믿음이 있지만 말단 직원은 그럴 권한이 없다고 지각하기 때문입니다.

그렇다면 스트레스는 어떻게 다스려야 할까요? 정상의 기준을 바꿔야 합니다. 스트레스를 없애야 하는 게 아니라 인생의 한 부분으로 받아들여야 합니다. 도망칠 수 없고 제 힘으로 풀 수 없다고 인식하기 때문에 겪는 것이 스트레스인데, 벗어나겠다고 발버둥치면 힘만 빠지고 더 괴로워집니다. 통제 소재가 자신에게 없어서 스트레스를 받는 것인데 그걸 풀어보겠다고 무턱대고 달려들면 오히려 탈이 납니다. 인간은 누구나 고통에 빠집니다. 세상에 나만큼 괴로운 사람은 없을 거라고 믿으면 스트레스는 더 쌓입니다. 삶의 고통은 누구에게나 공평하게 찾아온다고 인식하면 스트레스 속에서도 단단하게 버텨낼 수 있습니다.

자책하지 않아야 합니다. '내가 못난 사람이라서 스트레스받는 건가?'라는 의심에 속아 넘어가면 안 됩니다. 스트레스는 내가 누구인가 하는 것과는 아무 상관 없이 찾아오는 불청객입니다. 착하게 살아도 암에 걸리고 운전에 능숙해도 어쩔 수 없이 교통사고를 겪기도 하며 일 잘하고 성실해도 성질 고

약한 상사를 만나면 직장생활은 고통스러울 수밖에 없습니다. 스트레스가 심할수록 자신에게 다정해야 합니다. '그래, 잘 견디고 있어'라며 자기를 다독여야 합니다.

내려놓았다는
뻔한

거짓말

정신과 의사 일을 하면서 내려놓았다, 마음 비웠다는 말
정말 자주 듣습니다. 하지만 이런 말을 입버릇처럼 하는 이 중
에서 진짜 내려놓은 사람 한 명도 못 봤습니다. 예전에 상담했
던 대기업 전문 경영인의 말이 지금도 기억납니다. 처음 상담
할 때 그는 이렇게 말했습니다. "회사가 나를 잘랐으면 좋겠어
요." 언뜻 이해가 안 돼서 그렇게 말하는 배경이 뭐냐고 물었더
니 이렇게 대답하더군요.

"지금까지 후회 없이 일했어요. 지금껏 회사에 내가 기여
한 것이나 성취했던 것을 돌아보면 만족해요. 이제 그만둬도
여한이 없어요. 그런데 지금까지 헌신했던 회사를 향해 내 입
으로 그만두겠다는 말은 못 하겠고 회사가 나를 잘라주면 순순

116

히 물러날 거예요."

그러면서 덧붙인 말이 나는 마음 다 비웠다, 내려놓았다는 것이었습니다.

상담을 하고 6개월이 지나서 그는 수면제를 처방해줄 수 있겠느냐며 다시 저를 찾아왔습니다. 잠이 안 온다고 했습니다. 덜컥 수면제를 처방해줄 수는 없으니 무슨 문제가 생긴 것인지 물었습니다.

"이번에 인사 발령이 났어요. 나보고는 ○○ 지사로 가래요. 회사가 그런 발령을 낸 건 내가 더는 필요 없어졌다는 뜻이에요. 도대체 나를 뭘로 보고 그런 곳에 발령을 낸 건지…….
나를 완전히 무시한 처사예요. 밤에도 가슴속에서 불이 끓어요."

6개월 전 모든 것을 내려놨고 회사가 나를 잘랐으면 좋겠다고 당당하게 말했던 그 사람이 맞나 싶었습니다.

충분히 내려놓지도 못했으면서 다 내려놨다고 하는 건 '내 문제는 내가 알아서 할 테니 건드리지 마라'는 방어심리입니다. 나는 잘하고 있는데 다른 사람과 세상이 문제라며 자기 문제를 타인에게 투사하는 겁니다. 내려놓지 못했는데 내려놨다고 믿으면 '나는 할 만큼 했는데, 너희가 나에게 어떻게 이럴 수 있느냐!'라며 복수의 칼을 갈게 됩니다. 진짜 내려놓은 사람은 내려놓았다는 말조차 안 합니다. 내려놓았다는 그 마음까지 내려놓은 상태니까 말이 필요 없습니다. 그런데 이런 사람이 과연 현실에 존재할까요?

내려놓았다, 마음 비웠다는 말 함부로 하지 마세요. 내려놓는 거 굉장히 어렵습니다. 특히 중년 남자에게는 불가능한 일입니다. 돈이 아무리 많고 사는 데 별문제 없어도 인간의 욕심은 완전히 비워낼 수 없습니다. 돈과 명예에 대한 욕심은 그나마 줄일 수 있어도 인정 욕구는 절대 못 줄입니다. 조직, 사회, 친구, 가족이 자신의 존재가치를 인정하고 존중해주기를 바라는 열망은 나이가 들수록 더 커집니다. '나이 먹었어도 나는 여전히 꼭 필요한 존재야!'라는 걸 확인받고 싶어 하는 열망은 더 불타오릅니다.

겉으로 아닌 척해도 주변 사람들이 자신을 존경의 눈빛으로 바라보며 "당신이 최고예요. 당신 덕분에 우리가 이렇게 사는 거예요"라고 말해주기를 간절히 바랍니다. 세상이 나를 더 이상 필요로 하지 않는다는 생각이 들면 절망감을 느낍니다.

차라리 "여전히 세상이 나를 필요로 한다고 느낄 수 있었으면 좋겠어"라고 솔직히 말하세요. 가족에게 "당신 덕분에 우리가 이렇게 살 수 있는 거예요"라고 말해주면 좋겠다고 솔직히 표현하세요. 그래도 내가 있었으니까 이 회사와 우리 가족이 지금껏 잘살 수 있지 않았느냐고 이야기하세요. 내려놓았다는 말로 자신을 속이지 마세요.

완벽주의자라는
말을
즐긴다면

"우리가 살아가는 동안 완벽은 언제나 나를 피해갈 테지만, 그럼에도 불구하고 나는 끊임없이 완벽을 추구하리라."

피터 드러커Peter Drucker는 인생에서 완벽이란 존재하지 않지만 그것을 위해서 끊임없이 노력하는 것이 삶의 본질이라고 강조했죠. 정진홍 박사도《완벽에의 충동》에 이렇게 썼어요.

"완벽에의 충동은 살아 있음의 저력이고 생명을 이끄는 힘입니다. 완벽에의 충동이 살아 움직이는 만큼 내 삶도 유효합니다. 완벽에의 충동이 사라지는 순간 내 삶은 쉰내가 나는 것입니다. 썩는 것이지요."

완벽을 향한 충동이 사라지는 것은 죽어가는 것과 같다, 삶의 열정을 잃어버리는 것과 같다는 뜻으로 읽힙니다.

119

이쯤 되면 완벽주의가 삶을 풀어가는 묘약이라고 믿겠지만 오히려 독이 될 수 있습니다. 완벽주의가 독이 되면 성취해도 행복을 못 느낍니다. 만족할 만한 순간에도 흠결이 눈에 들어와 불행해집니다. 최선을 다하고도 만족하지 못한다면 완벽주의의 함정에 빠진 겁니다. 과도한 완벽주의는 정신건강의 적입니다.

조금 느슨해질 필요가 있는 사람에게 지나치게 완벽을 추구하면 스트레스가 심해지고 건강에도 해롭다고 당부하면 개의치 않고 뿌듯하다는 듯이 이렇게 말합니다. "선생님 어떻게 아셨어요? 제가 좀 꼼꼼하고 완벽을 추구하는 스타일이죠. 실수나 흠집이 있는 걸 두고 못 봅니다." 이들은 완벽주의에 매력을 느끼고 그것이 일으키는 문제에는 눈감아버립니다.

완벽에 지나치게 매달리고 완벽만을 선으로 생각하면 불완전하고 약하고 깨지기 쉬운 본성의 자연스러운 요소들이 억압되어 마음의 그림자가 됩니다. 그림자는 자신이 가장 싫어하는 것, 그렇게 되고 싶지 않은 것, 그래서 절대로 받아들일 수 없는 특성들을 내 것이 아닌 것처럼 억압할 때 무의식 속에 형성됩니다. 완벽에 도달하지 못하는 인간의 자연스러운 본성이 그림자가 되어 의식 아래로 숨어버리는 것이지요. 억압해왔던 그림자가 중년이 되면 점점 강하게 힘을 발휘합니다. 자기 안에 그림자가 있다는 것을 인식하지 못하거나 마흔이 넘어서도 자기 그림자를 무시해버리면 정신건강에 위기가 찾아옵니다.

중소기업을 운영하는 40대 중반의 남자 내담자는 50이 되면 꼭 하고 싶은 일이 있다며 이렇게 말했습니다.

"나는 욕심이 없는 사람입니다. 이 사업체를 자식에게 물려줄 생각은 조금도 없습니다. 직원 중에서 성실하고 책임감 강한 사람에게 넘겨주고 저는 50이 되면 은퇴하려고요."

그런데 이 말 뒤에 인상을 찌푸리며 부하직원에 대한 불만을 털어놓습니다.

"도대체 일 처리가 꼼꼼한 놈이 하나도 없어요. 나는 그렇지 않았거든요. 모든 것을 완벽하게 처리하려고 최선을 다했는데 젊은 직원들은 항상 뭔가를 놓쳐요. 나는 사회생활을 시작할 때부터 내 심장에 완벽주의를 새겨넣었어요. 문신처럼 절대로 지워지지 않도록 말이죠. 그런데 직원들을 보면 내 마음에 드는 놈을 한 사람도 찾을 수 없으니 속이 탑니다. 그나마 마음에 드는 놈이 있어서 승진시켜서 경영을 가르치다 보면 얼마 못 가 힘들다고 사표를 던집니다. 좀 더 크라고 잘못을 지적하고 화를 좀 냈거든요. 그랬더니 힘들다고 그만두겠다고 합니다. 이러니 더 화가 나고 가슴이 터질 것 같아요."

마흔 이후의 심리적 과제는 관대해지는 겁니다. 실수하라는 것이 아니라 모든 인간이 가진 자연스러운 약점에 대해 너그러워지는 자질을 획득해야 합니다. 중년이 되어서도 과도한 완벽주의에 매몰되어 관대함을 얻지 못한다면 심리적 괴로움에 빠지게 됩니다.

특히 타인에게 완벽주의를 강요하면 인간관계에서도 문제가 생깁니다. 완벽주의의 함정에 빠지면 타인의 사소한 실수에도 분노를 폭발하며 타인을 비난하고 몰아세우게 됩니다. 주변 사람은 그만한 일에 왜 그렇게 화를 내느냐며 이상하게 보는데도 본인은 오히려 당연하다고 여기면서 자신의 분노를 정당화합니다. 나는 완벽한데 다른 사람은 다 문제가 있다고 여깁니다. 자신에게는 그림자가 없는 것처럼 구는 것이지요.

이런 사람은 타인의 결점을 발견하면 자기 그림자를 그 사람에게 투사하며 비난을 쏟아냅니다. 앞서 소개한 중소기업 사장은 자기의 불완전함은 눈감아버리고 타인의 약점에만 지나치게 주의를 기울였습니다. 자기 그림자는 보지 못하고 있는 겁니다. 완벽주의에 매몰되어서 인간이라면 누구에게나 있는 연약함, 약점, 어쩔 수 없는 실수를 악으로 간주해버린 것이지요. 자신에게는 그런 어두운 면은 없다고 쉽게 믿고 있는 것이지요.

한 중년 여성 내담자가 이렇게 말하더군요.

"저희 어머니는 욕을 입에 달고 사셨어요. 제가 어릴 적에는 욕먹지 않은 날이 하루도 없었어요. 어머니가 저를 사랑한다는 느낌을 못 받았어요. 어릴 때는 그런 어머니를 미워하기보다는 내가 못나서 그렇다고 생각했어요. 내가 완벽해지면 더 이상 욕을 안 먹겠구나 싶어서 정말 열심히 살았습니다. 일도 열심히 하고, 가족에게 더 헌신적으로 하고, 내 삶에 빈틈이란 것은 있을 수 없다는 생각으로 살았어요."

우리는 본질적으로 불완전한 존재입니다. 인간은 누구나 실수와 실패를 반복합니다. 인간은 결코 완벽에 이를 수 없습니다. 완벽은 신의 영역이지 인간의 영역이 아니기 때문입니다. 이런 인간의 한계를 딛고 자꾸만 완벽해지라고 하니 죽을 맛입니다. 세상은 우리에게 완벽을 강요하지요. 완벽하지 않은 것은 실패로 간주해버립니다. 최선을 다하고도 완벽하지 않다는 것을 깨닫는 순간 자기 자신을 미워하기도 합니다. '나는 왜 이것밖에 안 되나!' 하고 말입니다. '나는 어떻게 해도 완벽해질 수 없구나!' 하면서 자신을 괴롭힙니다. 스스로를 더 채찍질하며 아프게 합니다.

완벽주의 성향이 강했던 한 내담자는 이렇게 말합니다.

"내가 너무 빈틈이 없으니까 주변에 아무도 없어요. 조그만 잘못이라도 눈에 띄면 가만있지 않거든요. 불같이 화를 내고 당장 해결해야 직성이 풀리죠. 나이가 들어보니 참 외롭습니다. 내가 너무 깐깐해서 사람을 밀쳐낸 것이 아닌가 싶어요. 내가 못난 사람 같고 자꾸 자책을 하게 돼요. 그럴 때마다 우울해지고요. 저같이 빈틈없이 살아온 사람이 남들에게 우울하다는 소리를 어떻게 합니까? 그러다 보니 우울한 기분을 속으로만 더 꾹꾹 참게 됐어요. 그러니 더 외로워질 수밖에요."

완벽주의자가 되겠다고 마음먹는 것은 있는 그대로의 자신을 사랑하지 않고 끊임없이 자기를 미워하겠다고 선언하는

것과 같습니다. 사람은 완벽해야 한다고 믿고 나 아닌 다른 사
람에게 완벽을 강요하는 것은 이 세상 누구도 사랑하지 않겠다
고 선포하는 것이나 마찬가지입니다. 완벽을 향한 열망도 좋지
만 완벽하지 않은 자기 모습, 완벽하지 않은 다른 사람들도 모
두 품고 가는 것이 제대로 사는 겁니다. 사람은 완벽하지 않다
고 인정하는 것, 그리고 누구에게도 완벽을 강요하지 않는 것,
중년에게 꼭 필요한 덕목입니다.

답은
언제든지
바뀔 수
있다

자신의 생각에 매몰되어 빠져나오지 못하는 상황을 '인지적 융합cognitive fusion'이라고 합니다. 예를 들어, 어떤 사람이 '나는 완벽해야 해' '나는 실수가 없어야 해'라는 생각에 융합되어 있다면 생각과 행동이 완벽, 그러니까 실수 없음에 묶이게 됩니다. 마음에는 생각하는 자아도 있고 그것을 관찰하는 자아도 있습니다. 인간은 자신의 생각을 관찰할 수 있습니다. 자신의 생각이 지나치게 편향되어 있지는 않은지, 합리적인지, 자신에게 도움이 되는 생각인지 아닌지 관찰을 통해 구분합니다. 자기 자신의 일부가 자신을 떠나서 자신을 관찰하는 것이죠.

그런데 생각하는 자아가 마치 전체 자기 마음인 양 살아가면 심리적으로 경직됩니다. 생각하는 대로 행동해야 한다고 자

동으로 믿어버리기 때문입니다. 행동이나 태도가 고집스러워
지고 자신의 생각이 옳다는 믿음에서 벗어나지 못합니다.

　심리적 유연성이 떨어지는 사람은 '반드시 해야 한다' '나
는 ○○한 사람이다' '사람이라면 반드시 ○○해야 한다'는 당
위적 사고에 빠져 있습니다. 이런 사람들은 모호한 상황을 견
디기 힘들어합니다. 특히 사람의 마음이나 정서를 다루는 데
어려움을 느낍니다. 사람의 마음이란 본디 흑백으로 구분되기
힘들고 항상 좋은 감정과 나쁜 감정이 섞여 있어 어떻게 보면
좋기도 했다가 때로는 나쁘게 보이기도 하기 때문이지요. 그러
니 사람 마음같이 모호하고 모순적인 것을 다룬다는 것은 심리
적 유연성이 떨어지는 사람에게는 고역일 수밖에 없습니다.

　관계도 매끄럽지 못합니다. 자신에게 엄격할 뿐 아니라 남
들에게도 '이래야 한다 또는 저래야 한다'며 강요하기 때문입
니다. 자기 생각과 맞지 않으면 원망하고 비난합니다. 세상에
믿을 놈 없다거나, 내가 너한테 어떻게 했는데 이것밖에 못 하
냐는 식이죠. 경직된 틀에 자신과 다른 사람을 모두 끼워맞추
기 때문에 괴로울 수밖에 없습니다.

　자기 생각을 꾸준히 관찰하는 연습을 하는 것이 좋습니다.
'나는 완벽해'가 아니라 '나는 지금 완벽해야 한다는 경직된
생각을 갖고 있구나' 하며 스스로를 관찰하는 것입니다. '나는
완벽하지 않으면 미칠 것 같아'가 아니라 '나에게는 완벽해지
기를 바라는 열망이 크게 자리 잡고 있구나'라고 자기 욕망을

127

있는 그대로 바라보는 것이지요.

　마음과 일정하게 거리를 두겠다는 인식이 필요합니다. 상상력을 동원해서 자기 삶을 관찰하면 '내가 남들에게 이런 모습으로 보이는구나' '이건 내가 원했던 내 모습이 아니야'라고 깨닫게 됩니다. 3인칭으로 자기 모습을 관찰하기만 해도 다음에는 조금 다르게 행동해보자는 마음이 자연스럽게 따라옵니다. 자아를 관찰하는 힘을 키우면 내가 진정 원하는 방향으로 내가 조금씩 달라집니다.

우울하지
않은
우울증

    사람은 누구나 우울증에 걸릴 수 있습니다. 미국 CEO의 25퍼센트가 심각한 우울증을 겪고 있다고 합니다. 어디 기업 CEO뿐이겠습니까. 우울증은 어떤 일을 하는 사람인가에 상관없이 찾아옵니다. 정신과 의사도 우울증에 걸립니다. 전문의 중에서 자살률 1, 2위를 다투는 것이 정신과 의사입니다. 미국의 유명한 정신과 의사인 스콧 펙Scott Peck은 그 자신뿐만 아니라 그의 아내도 우울증을 경험했다고 고백하기도 했습니다. 목사님, 신부님, 스님처럼 성직자라고 해서 우울증이 비껴가라는 법은 없습니다.

    마흔 이후의 우울증은 우울하지 않은 게 특징입니다. 물론 "나 우울해요" 하고 찾아오기도 하지만 중년 우울증 환자는 스스로 우울하다고 하지 않는 경우가 많습니다. 마흔이 넘으면 우울해도 우울하다는 말조차 할 수 없는 것이 가장 큰 이유겠지요. 속은 곪아 터지는데도 감정을 꾹 눌러야 하니까 우울해도 우울하다고 말을 못 하는 겁니다. 직장에서 우울하다고 해보세요. 누가 좋게 보겠습니까? 아무리 정신건강에 대한 인식이 개선되었다고 하지만 회사에서 문제가 있는 것처럼 인식되면 밥줄이 끊길 수도 있으니 함부로 감정을 말로 드러내지 못할 수밖에요.

마음이 좀 괴로운 것을 넘어 분명 우울증이 되었는데도 인정하지 않는 경우도 많죠. '사회생활 20년 이상 하면서 산전수전 다 겪었는데 내 마음 하나 못 다스리겠냐!'라며 스스로 감당할 수 있다고 믿는 것이지요.

우울한 감정을 다르게 표현하는 이도 많습니다. "이상하게 기운이 없어요. 자꾸 처지네요"라며 활력이 떨어졌다고 하거나 "잠이 오지 않아요. 자려고 하면 자꾸 잡념이 떠오르고 옛날에 안 좋았던 기억이 나서요"라며 자기가 지금 괴로운 건 불면증 때문이라고 합니다. 기분 문제가 아니라 "요즘 들어 허리가 너무 아파요. 두통이 심해졌어요. 그런데 진찰받았더니 아무 문제가 없다고 해요. 왜 이런 거죠?"라며 이유 없는 통증 때문에 괴롭다고 찾아오는 이도 많습니다.

모두 우울이라는 감정을 억제해서 나타나는 현상입니다. 감정은 억누른다고 없어지지 않거든요. 우리 몸 어딘가에 박혀

버립니다. 그래서 자꾸 몸을 아프게 만듭니다. 몸이 우울하다는 걸 말해주는 거죠.

이외에도 다양한 모양을 하고 나타나는 게 우울증입니다. 몇 가지 예를 들어볼까요?

'일에 지나치게 빠져든다.' '멍하니 텔레비전만 본다.' '조급해하고 기다리지 못한다.' '쓸데없는 걱정이 자꾸 머릿속에 떠오른다.' '벗어나고 싶다는 생각이 자꾸 든다.' '성적인 환상에 집착하거나 빠져든다.' '고집스러워지고 남의 말을 잘 듣지 않는다.' '자꾸 화를 내고 짜증을 낸다.' '의심이 많아지고 사소한 일에 집착한다.' '사소한 말에 과민하게 반응하고 공격적으로 말한다.' '술에 빠져든다.' '친구를 만나도 재미가 없고 사소한 말에도 나를 무시하는 것같이 느껴진다.'

평소에 그러지 않았는데 이런 변화가 몇 주씩 지속된다면 그건 우울증이 다른 가면을 쓰고 나타난 것일 가능성이 있어요. 가면 뒤에 숨겨진 우울증을 눈치채기란 쉽지 않습니다. 그러다 보니 옆에서 지켜보던 아내는 우울증 때문에 달라진 남편의 행동을 보고 "아니 이 양반이 나이가 들면 부드러워져야 하는데 요즘 하는 거 보면 더 고약해졌어. 걸핏하면 술 마시고 짜증 부리고. 어린애도 아니면서 툭하면 여기저기 아프다고 징징거리고. 아주 귀찮아 죽겠어"라며 불만을 터뜨립니다.

우울이라는 감정은 숨기려 하거나 부정해서는 안 됩니다. 두려워할 필요도 없습니다. '아, 내가 요즘 우울하구나' 하고 인정하면 됩니다. 우울한 게 이상하거나 나쁜 감정도 아닌데 못 받아들일 이유가 없습니다. 죄를 지은 것도 아니고 열심히 살다 보니 지치고 상처받아서 우울한 건데 그걸 굳이 숨길 필요가 없습니다. '그동안 내가 너무 힘들었어. 그랬더니 내 감정이 나더러 쉬라고 하네'라고 받아들이면 됩니다.

겁먹지 말고 우울을 똑바로 보면서 '너 왜 나에게 왔니? 도대체 왜 지금 내가 우울해져야 하는 거야?'라고 물어보세요. '한동안 아내와 많이 싸우고 회사 일도 많았는데 어디다 하소연도 못 하고 살아서 그런 거야'라는 원인이 나올 수도 있고 '회사에서 얼마나 더 버틸 수 있을까, 애들 교육비도 많이 들고 돈은 더 필요한데 앞으로 무슨 일을 하면 좋을까? 그런데 솔직히 자신이 없어'라는 생각에 마음이 약해졌기 때문일 수도 있죠. '어머니 돌아가시고 나서 아무렇지 않은 척 꿋꿋하게 버텼는데 마음이 너무 허해'라며 상실감 때문에 우울해진 것일 수도 있어요.

이런저런 나름의 이유가 내 마음을 긁어놓으니까 피도 나고 상처도 생기고 그게 곪아서 우울증이 된 거죠. 그런데 그걸 마음 한구석에 감춘다고 낫겠습니까? 더 곪기만 하죠. 이제라도 내보이세요. 괜찮아요. 그래도 됩니다. 그래야 우울을 날려버리고 활력을 되찾을 수 있습니다.

작은
행동이
우울을
이긴다

위안과 위로의 책들이 넘쳐납니다. 당신이 옳다고 편을 들거나 당신의 삶을 응원한다거나 고난을 이겨낼 수 있으니 희망을 잃지 말라고 합니다. 너무 애쓰지 말고 지금 현재를 즐기고 자기를 아껴주라고 합니다. 자신을 사랑하지 않으면 남도 사랑할 수 없고 자존감이 높아져야 행복해질 수 있다고 합니다. 이런 말들이 세상에 범람하는 건 지금 우리를 지배하는 정서가 우울이기 때문일 겁니다. 우울에서 벗어나고자 하는 욕망이 세상에 부딪히며 위로의 말이 되어 메아리처럼 되돌아오는 것이겠지요. 세상 사람들이 그만큼 많이 우울하다는 뜻이기도 할 테고요.

그런데 위로의 말들이 우울증을 이겨내는 데 정말 도움이

> 감정 공부 <

될까요? 애석하게도 당신의 마음을 안다는 공감과 당신이 옳다는 인정만으로 우울증이 치료될 수는 없습니다.

의사가 아무리 명문대학 출신에 큰 대학병원에서 근무한다고 해도 우울증 환자를 완벽하게 장악할 수 없습니다. 우울증은 환자의 타고난 특성과 성장 배경, 그리고 현재 그를 둘러싼 환경과 문화의 영향을 받습니다. 이 모든 것을 주치의가 다 파악하고 조절한다는 건 불가능합니다. 의사를 믿지 말라는 거냐며 오해하지는 마세요. 그런 뜻이 아닙니다. 우울증의 특성과 의료체계의 특수성을 감안하면 환자도 우울증 진료 과정에 적극적으로 참여해야 한다는 것을 강조하고 싶은 겁니다.

똑같은 약을 써도 잘 낫는 환자가 있는가 하면 그렇지 않은 환자도 있습니다. 물론 치료자인 제 능력의 한계가 일차적 이유겠지만 우울증의 치료 효과를 결정하는 데에는 환자 요인도 무척 중요합니다. 약만 믿고 운동을 하지 않거나 기분을 전환하겠다고 술을 마시거나 기운이 없다고 방에만 콕 박혀 있으면 우울증은 치료되지 않습니다.

이렇게 할 수밖에 없는 환자 나름의 이유가 있다는 걸 압니다. 왜 의사의 조언을 따르지 않는지 그가 풀어놓는 설명을 듣다 보면 이해는 됩니다. 하지만 그럼에도 불구하고 '나는 어떻게 살고 있는가?' 하고 환자 스스로 자신의 생활을 관찰해보고 작은 변화들을 차곡차곡 쌓아나가야 우울증은 치료됩니다.

우울증은 라이프 스타일 질환입니다. 당뇨병나 고혈압처

럼 약물과 함께 생활습관을 점검하고 관리해야 치료되기 때문입니다. 탄수화물 섭취를 조절하지 않고 운동을 하지 않으면 당뇨가 악화되는 것처럼, 항우울제만 믿고 신체활동을 게을리하고 수면 위생을 지키지 않고 건강한 식사를 제때 챙겨 먹지 않으면 우울증에서 벗어날 수 없습니다.

우리의 기분은 힘이 셉니다. 기분에 따라 생각과 행동이 변합니다. 생각보다 기분이 앞섭니다. 생각을 바꾸면 기분이 달라진다고 흔히 말하지만 실제로는 그렇게 잘 되지 않죠. 오히려 그 반대입니다. 이를 '정서우선주의emotion primary'라고 합니다. 감정을 일으키는 변연계의 작용이 사고를 지배하는 전두엽의 활성도를 넘어서기 때문입니다. 우울감에 휩싸여 있을 때는 긍정적인 생각을 아무리 해도 기분이 쉽게 바뀌지 않는다는 걸 우리는 체험으로 이미 잘 알고 있습니다.

우울해지면 '나는 아무것도 할 수 없고 아무것도 못 할 것 같아!'라는 느낌이 마음을 지배합니다. 이런 상황에서도 활동을 아주 잘게 쪼개면 적은 의욕으로도 할 수 있는 무언가를 찾아낼 수 있습니다. 나는 우울증 환자들에게 아침에 일정한 시간에 일어나는 것만이라도 하라고 합니다. 기상 후에 따뜻한 물로 샤워만이라도 해보라고 합니다. 이것도 못 하겠다고 하면 아침에 일어나서 바로 외출해도 부끄럽지 않을 옷으로 갈아입고 있으라고 조언합니다. 굳이 잘 차려입고 있을 필요는 없습니다. 손님이 집에 찾아왔을 때 옷을 갈아입어야 할 정도만 아니면 됩니다. 햇볕 쬐며 걸으면 좋지만 그것도 힘들다고 하면 누워 있지 말고 창가에 앉아 햇볕을 쬐라고 합니다. 우울하다는 주부들에게는 외출 약속이 없어도 간단한 기초화장 정도는 꼭 하라고 합니다.

우울증 치료에 가장 효과적인 활동 하나를 꼽으라면 그것은 운동입니다. 운동을 하면 세로토닌의 합성과 분비가 늘어나는데 특히 대뇌피질과 기억력을 담당하는 해마의 세로토닌 활성도가 증가합니다. 달리기를 한 뒤에 뇌 PET(양전자 단층촬영) 검사를 해보면 엔도르핀 농도가 대뇌피질과 변연계에서 높아진다는 것을 확인할 수 있습니다. 유산소 운동을 규칙적으로 하면 전두엽의 회질과 뇌량의 백질 부피가 늘어납니다.

몸부터 살살 달래가며 행동을 활성화하는 것이 우울증 치료에서 제일 중요합니다. 움직이다 보면 자기도 모르게 기분이 바뀝니다. 움직이다 보면 정서가 자극을 받아 변하기 시작합니다. 부정적인 생각도 몸으로 털어버려야 합니다. 움직이면 생각이 달라집니다. 기분에 따라 행동을 결정하는 것이 아니라, 움직이다 보면 기분이 바뀌고 생각도 바뀝니다. 기분은 생각이나 의지로 바뀌는 것이 아니라 행동으로 바꿀 수 있습니다. 기분은 저절로 좋아지지 않습니다.

생각만 긍정적으로 한다고 행복해질 수 없습니다. 마음을 편히 먹는다고 우울이 사라지지 않습니다. 항우울제가 우울증상을 없앨 수는 있어도 회복탄력성을 키워주지는 않습니다. 삶을 의미 있게 만드는 활동을 추구하면서 늘 활동 상태에 있기 위해 노력하면 스트레스 면역력이 길러집니다. 우울한 기분이 들어도 우울증으로 이어지지 않게 예방할 수 있습니다. 우울증 치료의 핵심은 행동을 활성화하고 삶에 적극적으로 참여해서 몸의 경험을 쌓아나가는 것입니다.

마음은
유쾌한

친구가
아니다

눈을 감고 5분만 가만히 앉아 있어보세요. 그 상태에서 마음속에 떠오르는 생각을 관찰해보세요. 긍정적인 생각이 많은가요, 아니면 부정적인 생각이 더 많나요? 대체로 생각의 70퍼센트는 부정적이고 나머지가 긍정적인 생각입니다. 대부분의 평범한 사람들은 자연스럽게 주의, 걱정, 불안과 관련된 생각을 더 많이 합니다. 앞으로 있을지 모르는 위험에 대비하기 위해서죠. 인간의 자연스러운 본능입니다. 영어 단어 중에 mind라는 것은 마음이나 정신을 뜻하지만 무언가를 꺼려하다는 동사이기도 합니다. 마음은 뭔가 꺼림칙한 것, 피해야 하는 것이 무엇인지 밝혀내는 데 더 익숙합니다.

마음은 우리를 기분 좋게 만들어주는 유쾌한 친구가 될 수 없습니다. 마음은 기분을 좋게 하는 방향이 아니라 세상 곳곳에 숨겨진 위험에 대비하도록 진화되었습니다. '위험한 일이 생기지 않을까?' '살기 위해서는 어떻게 해야 할까?' '이것은 안전한가?' '나에게 해로운 것은 아닌가?'라는 생각이 자연스럽게 떠오릅니다. 과거, 현재, 미래를 끊임없이 분석하고 비교하고 판단하고 평가합니다. 이것이 인간의 본성입니다.

반드시 긍정적일 필요는 없습니다. 긍정적으로 되려고 아무리 애써도 부정적인 생각을 버릴 수 없습니다. 걱정을 날려버리고 불안을 해소하려고 좋은 생각에 매달려봤지만 아무 소용이 없다는 걸 일상 체험을 통해 누구나 겪어봤을 겁니다. 힘들 때는 울어야 하고 아플 때는 소리쳐야 합니다. 억지로 긍정적인 마음을 가지려고 애쓰는 것보다 우울하면 우울한 대로 불안하면 불안한 대로 있는 그대로의 마음을 받아들일 수 있어야 합니다.

스트레스는 몸을 써서 푸는 게 최고입니다. 사람들은 누구나 스트레스를 받습니다. 살다 보면 누구나 한두 번쯤 심한 우울을 겪지만 모든 사람이 우울증을 앓지는 않습니다. 스트레스가 우울증으로 이어지는 것은 몸을 쓰지 않기 때문입니다.

마음을 치료하는 정신과 의사라면 자기 내면을 들여다보라고 해야 할 것 같지만 저는 오히려 이런 의견에 반대합니다. 물론 자기 마음을 제대로 보고 성찰하는 것은 중요합니다. 하지만 스트레스가 쌓여서 우울하고 짜증 나 있을 때 마음속으로만 파고들면 더 불쾌해집니다. '나는 누구인가? 왜 이렇게 스트레스받는가? 내 문제가 무엇인가?'라는 고민만 붙들고 있으면 우울은 더 깊어집니다.

스트레스는 부정적인 생각을 부르게 마련이고, 부정적인 감정이 마음을 지배하고 있을 때 자기 문제를 파고들면 부정적인 것만 떠오르기 때문입니다. 자신에 대한 성찰은 평온한 상태에서 하는 게 이롭습니다. 그래야 감정에 오염되지 않은 관점으로 자신과 세상을 바라볼 수 있으니까요.

긍정적 생각, 명상과 기도, 감사를 실천하는 것도 좋지만 스트레스를 풀고 우울증을 날려버리는 데는 운동이 제일 효과적입니다. 가벼운 우울 증상을 앓고 있다면 운동만 꾸준히 해도 치료가 됩니다. 운동은 항우울제를 복용하는 것만큼 효과적입니다. 운동을 꾸준히 해서 심폐활량이 늘어나면 우울증을 예방할 수 있습니다. 일반인을 대상으로 한 연구 초기 단계에 심폐활량을 측정한 뒤에 12년이 지나서 우울증이 걸린 사람과 그렇지 않은 사례들을 비교했습니다. 심폐활량이 좋은 사람은 그렇지 않은 경우에 비해 우울증에 걸릴 확률이 50퍼센트 정도 낮았습니다. 식상한 말이지만 '건강한 몸에 건강한 마음'이라는 구호가 정확했던 것이죠.

어떤 운동을 얼마만큼 해야 정신건강에 좋을까요? 답은 간단합니다. 어떤 운동이든 꾸준히 하면 됩니다. 다만 중등도 이상의 강도 있는 운동을 꾸준히 해야 정신건강을 증진하는 효과가 나타납니다. 중등도의 운동 강도라는 것은 걸으면서 옆 사람과 대화하기 약간 어렵고 숨이 찬 정도입니다. 이 정도의 강도로 하루 30분 이상, 주 3회 이상 하면 됩니다. 주 5회면 더 좋습니다. 운동을 많이 하면 할수록 그것에 비례해서 효과가 더 좋습니다. 하지만 운동을 중단하면 이런 효과들이 사라지므로 운동을 밥 먹는 것처럼 일상생활의 자연스러운 습관으로 자리 잡게 해야 합니다.

"평소에 일하면서 몸을 많이 쓰는데 운동을 따로 해야 하나요?"라고 묻습니다. 육체노동을 하는데 따로 운동할 필요가 있느냐는 것이죠. 운동을 하는 것과 노동으로 몸을 쓰는 것은 다릅니다. 일하면서 몸을 쓰는 것은 기분을 좋게 하거나 의욕을 증진시키는 효과가 없습니다. 그러니 따로 시간을 내서 운동해야 합니다.

운동을 하면 자기조절력도 강해집니다. 오스트레일리아의 한 대학에서 3개월 동안 꾸준히 운동한 사람과 그러지 않은 사람의 생활습관이 어떻게 달라졌는지 비교했습니다. 운동을 꾸준히 한 사람들은 그러지 않은 경우에 비해 돈도 아껴 쓰고 충동구매도 적게 했으며, 술과 담배를 줄이고 감정 조절도 더 잘하게 되었습니다. 일을 미루는 습관도 줄어들고 약속시간도 잘 지키게 되었다고 합니다. 나쁜 습관을 고치라고 충고하지 않았는데도 이런 행동 변화가 나타났습니다. 규칙적으로 운동만 해도 건강한 생활습관이 자연적으로 길러졌던 것이지요.

> 감정 공부 <

스트레스받을 때 긍정적인 마음을 가지라고 충고하는데 이는 말처럼 쉽지 않고 효과적이지도 않습니다. 정신건강은 마음만 챙긴다고 얻어지는 것이 아닙니다. 마음보다 몸이 먼저입니다.

걱정의 늪에
빠지지 않기
위하여

사회나 직장에서 적극적이고 활발하게 활동하는 사람 중에서 의외로 지나친 걱정과 염려 속에 파묻혀 있는 사람이 많습니다. '의외로'라고 표현한 이유는 '저렇게 활달한 사람이 설마 그런 걱정 때문에 괴로워할까?' 하고 놀라는 경우가 있기 때문입니다. 겉으로 보면 화통하고 다른 사람들 앞에서 항상 리더 역할을 해서 쓸데없는 걱정 따위는 하지 않을 것으로 느껴지기 때문입니다. 준성 씨가 그랬습니다.

"남들은 잘 모르지만, 제가 원래부터 사소한 일도 그냥 넘기는 법이 없고 미리 걱정을 많이 하는 타입이에요. 남들보다 생각도 많고 걱정도 많은 편이죠. 그러다 보니 겉으로 표시는 안 나도 속으로 엄청 긴장을 해요."

그는 남들보다 걱정을 많이 하는 경향도 유전이 되느냐고 물으면서 자기 사연을 들려줬습니다.

"저희 어머니는 걱정이 많은 분이었어요. 사소한 문제도 그냥 넘어가는 법이 없었죠. 항상 확인하고 점검해야 편해하셨어요. 자식들이 집에 조금만 늦게 들어와도 안절부절못하셨어요. 나는 어머니를 위해서라도 항상 조심하고 함부로 행동해서는 안 된다는 생각을 평생 품고 살았습니다. 어머니가 그랬어요. 부엌을 들어가보면 그 어려운 형편에서도 모든 것이 깔끔하게 정돈되어 있었고 집이 어질러져 있는 것을 본 적이 없어요. 어머니가 나에게 깔끔하게 살아라, 완벽하게 살아라, 하고 강요하신 적은 없지만 나도 어머니를 보고 배운 것인지, 아니면 피는 못 속이는 것인지 흐트러져 있는 것이나 빈틈, 실수를 못 견딥니다. 조금이라도 실수를 하면 나 자신이 불안해서 견디지를 못해요."

걱정은 자신의 마음을 괴롭히기도 하지만 위험에 미리 대비하고 실수를 막고 완벽을 추구하게 하는 힘입니다. 그래서일까요? 철학자 키르케고르Sören Kierkegaard는 이렇게 말했죠.

"걱정은 사람을 마비시킬 뿐만 아니라, 인간을 발전시키는 동력이 되는 무한한 가능성을 내포하고 있다."

준성 씨도 그랬습니다. 걱정하는 습관이 직장생활에 도움이 되었다고 했습니다.

"젊었을 때는 걱정하는 습관이 도움이 됐어요. 과거의 실수를 떠올리는 것은 실수를 반복하지 않게 만드는 원동력이었죠. 직장 상사들은 나에게 준비성이 강하다, 책임감이 강하다, 실수를 하지 않으려는 모습이 보기 좋다고 했어요. 나 같은 사람이 없다고 하니까 우쭐해지기도 했지요. 그래서인지 승진도 남들보다 빨랐어요."

그런데 준성 씨가 나를 찾은 이유는 근래에 있었던 한 가지 실수 때문입니다. 좀 더 정확히 말하면 실수 자체가 문제라기보다는 자신이 저지른 사소한 실수를 머릿속에서 떨쳐버릴 수 없다는 것이 더 큰 고통이라고 했습니다.

"최근 회의에서 발표를 하게 되었어요. 다른 때 같으면 조금 긴장은 해도 큰 어려움 없이 발표하고 질문도 받고 했거든요. 그런데 그날은 아침부터 컨디션이 조금 좋지 않다는 느낌이 있어서 왠지 뭔가 안 좋은 일이 있을 수 있으니 조심해야겠다는 생각을 했어요. 그런데 아니나 다를까 회의 때 스크린에 띄운 발표 파일이 내가 최종본으로 준비했던 것과는 조금 다른 것이었어요. 발표를 시작한 뒤 시간이 조금 지나서 알게 되어 중간에 바꾸기도 뭣해서 그냥 진행했는데, 자꾸 실수한 것이 떠오르고 내가 왜 그랬을까 하고 후회하다 보니 발표가 잘되지 않았어요. 그러다 갑자기 가슴이 뛰면서 식은땀이 나더라고요. 레이저 포인터를 잡은 손까지 덜덜 떨려서 그 자리에 서 있기조차 힘들었습니다. 그 자리에 사장님을 비롯해 중요 직책에 있는 분들이 다 모여 있었거든요. 여간 낭패가 아니었죠. 문

145

제는 그다음부터였습니다. 다른 회의에 참석할 때 또 그런 일이 생기면 어쩌지 하는 걱정에 회의 시작 전부터 불안했습니다. 나중에는 사람들이 많이 모여 있는 곳에만 가도 왠지 나에 대해서 뒷담화를 하고 있는 것 같아 사람들을 피하게 되더군요. 최근에는 아침에 일어나기도 싫고 회사 가는 것도 싫어졌어요."

밤에 자려고 누우면 실수를 했을 때의 자신의 모습과 행동 그리고 마음을 자꾸 곱씹었습니다. 당시 다른 사람이 자신을 바라보던 시선도 머릿속에서 맴돌았습니다. 생각하지 말아야지 해도 잘 조절되지 않고, 그럴 때마다 오히려 더 불안해지고 혼자 있을 때도 긴장감을 느껴야 했습니다. 잠이 쉽게 들지도 않고 잠이 들어도 금방 깨고 깊은 잠을 자지 못했습니다. 그러다 보니 낮 동안에도 피로감을 느끼고 활력도 점점 떨어졌습니다.

생각의 엔진이 꺼지지 않는 것은 걱정거리가 있을 때 그것을 생각하고 있으면 마치 그 일이 해결된 듯한 착각에 빠져서 심리적 고통이 일시적으로 줄어들기 때문입니다. 그러다 보면 걱정이 걱정을 부르는 악순환이 이어집니다. 자기도 모르게 걱정에 중독되어버리죠. 그래서 생각 속에 빠져들면 들수록 현실에서는 멀어지게 됩니다.

결국 불안을 일으킨 근원을 제대로 찾을 수도 없을 뿐만 아니라 생각 속에 빠져 실제 행동으로 자신의 상황을 긍정적으로 변화시킬 기회를 날려버리거나 그럴 수 있는 힘조차 잃어버리게 됩니다. 걱정하느라 에너지를 소진해서 생활을 이어나갈 활력이 사라지기도 합니다. 심한 경우는 준성 씨처럼 사람들을 피하고 회사도 가기 싫어집니다. 생각이 사람을 지치게 만든 것이지요.

"안정제라도 먹어야 할까요?" 준성 씨가 묻습니다. 그러나 과연 약이 모든 불안을 잠재울 수 있을까요?

"혼란에 빠뜨리는 무의미한 시간의 터널이 입을 벌린다면 항상 소마가 대기하고 있을 거야. 유쾌한 소마가 있지."

소마는 올더스 헉슬리Aldous Huxley의 소설 《멋진 신세계》에 나오는 약으로, 인간의 마음을 행복하게 해주는 역할을 합니다. 과연 현실세계에서 이런 소마가 존재할 수 있을까요? 만약 존재한다면 여러분은 걱정이 있을 때마다 소마를 먹고 걱정과 불안을 날려버리고 싶나요? 병적인 수준으로 심각한 불안이 아니라면 끊임없이 이어지는 걱정과 염려를 잠재울 수 있는 방법을 약에서 찾는 것은 옳지 않습니다.

과거의 실수는 어쩔 수 없는 것이니 이제는 잊자고, 미래에 내가 걱정하는 일이 일어날 가능성은 없으니 이제는 신경을 끄자고 아무리 되뇌어도 걱정 많은 영혼을 달래는 데는 별 도움이 되지 않는 경우가 많습니다.

"걱정의 40퍼센트는 결코 일어나지 않고 30퍼센트는 이미 벌어졌고 22퍼센트는 아주 사소한 것이고 4퍼센트는 바꿀 수 없고 단지 남은 4퍼센트만이 우리가 대처할 수 있는 일에 대한 걱정이다. 결국 우리가 하는 걱정의 96퍼센트는 쓸데없다."

이제는 모르는 사람이 없을 정도로 널리 알려진 어니 젤린스키Ernie J. Zelinski의 《느리게 사는 즐거움》에 나오는 구절입니다. 그러나 요즘은 이런 이야기도 실제 걱정이나 염려를 줄이는 데는 별로 도움이 되지 않습니다.

우선 걱정이나 염려 때문에 자신이 생각의 늪에 빠져들고 있다는 것을 자각하는 것이 중요합니다. 아래의 여섯 가지 경우처럼요.

(1) 과거의 일이 자꾸 생각나고 그것과 연관된 생각이 꼬리를 물고 이어질 때

(2) 사소한 잘못이나 흠결이 자꾸만 눈에 거슬릴 때

(3) 옳고 그름을 따지고 싶다는 마음이 강하게 느껴질 때

(4) 마음이 혼란스럽고 별일 없는데도 바쁘게 느껴질 때

(5) 비교하고 평가하고 판단하고 따지려 드는 마음이 솟아오를 때

(6) 움직이지 않고 생각 속으로만 함몰된다고 느껴질 때

위와 같을 때는 '내가 생각의 늪에 빠져들고 있는 것은 아닌가?' 하고 스스로를 점검해야 합니다.

찬찬히 내 마음이 지나가는 것을 바라보세요. 걱정이라는

생각을 통해서 세상을 보지 말고 내 마음의 걱정을 보십시오. '제기랄, 너무 불안하고 걱정돼!'라고 짜증 내기보다는 '내가 지금 불안하다고 느끼고 있구나' '내가 지금 불안한 생각을 하고 있구나' 하고 자기 마음을 관찰하세요.

그래도 걱정이 많고 염려가 많다면 '5분 법칙'을 추천합니다. 생각을 깊이 한다고 해서 항상 좋은 아이디어가 떠오르는 것은 아닙니다. 연구에 따르면 고민이 좋은 결과물로 이어질 가능성은 대체로 생각하기 시작해서 5분 안에 판가름이 납니다. 5분 동안 실컷 고민에 빠진 뒤에 다음과 같이 스스로에게 묻습니다.

(1) 고민을 했더니 기분이 좋아졌나?
(2) 고민을 했더니 기발한 아이디어가 떠올랐나?

만약 (1)이나 (2) 둘 중 하나라도 '예'라는 대답을 한다면 계속 고민해도 됩니다. 5분 이상 고민해도 상관없습니다. 하지만 둘 다 '아니요'라면 고민을 계속해봐야 기분은 더 나빠지고 아이디어도 떠오르지 않을 게 분명합니다. 고민이 효율적이냐 아니냐 하는 것은 5분 안에 결정된다는 것이지요.

우리가 걱정 때문에 고통받는 것은 실제의 일 때문이 아니라 가상의 생각 때문입니다. 세상 근심 걱정은 거의 대부분 상상의 산물입니다. 그러므로 걱정하는 일이 생겨도 상관없다는 마음을 가지면 오히려 불안에서 벗어날 수 있습니다. 두려워하고 있는 바로 그 일이 일어나기를 오히려 바란다면(어떤 경우는 그 일이 일어나도록 일부러 행동하기도 합니다), 생각의 의도가 다른 방향으로 전환되어 걱정도 사라집니다. 이런 치료법을 '역설 의도paradoxical intention'라고 합니다.

준성 씨의 경우라면 다음과 같이 생각해보는 것도 도움이 될 수 있겠지요. '일부러 손도 떨고 목소리도 떨어보자. 그냥 발표를 망쳐버리자'라는 역설적인 생각을 해보는 겁니다. '역설 의도' 치료법의 개발자인 프랭클 박사는 불안발작이 일어날까 봐 항상 걱정하는 사람에게 다음과 같이 말했다고 합니다.

"자기 자신에게 이렇게 말하십시오. '어제는 불안발작이 두 번 일어났어. 지금은 이른 아침이니까, 오늘은 세 번도 충분히 일어날 수 있을 거야'라고 말입니다."

죽을 것
같은
공포,

공황장애

공황장애가 언론에 많이 소개되면서 나도 공황장애가 있는 것 같다며 진료실을 찾아오는 사람이 늘어났습니다. 우리나라 통계를 보면 공황장애는 40, 50대가 제일 많이 겪습니다. 제가 만난 중년의 공황장애 환자들 대부분은 열정적으로 인생을 살아온, 누가 뭐라 하지 않아도 맡은 바 책임을 완수하려고 최선을 다해 살아왔던 이들이었습니다. 오점을 남기지 않으려고 꼼꼼하게 확인하고 타인에게 피해주는 걸 죽을 만큼 싫어했습니다.

"그때는 정말 죽을 것 같았어요. 갑자기 가슴이 조여오면서 숨이 막히고, 이러다 정말 죽는구나 싶었어요." 45세 대기업 임원인 용진 씨는 죽을병이라도 걸린 것 같아서 걱정했다고 합니다. 건강검진을 받기 전에는 심장이나 폐에 문제가 있거나 무슨 치명적인 질병에라도 걸린 게 틀림없다고 염려했습니다. 그래서 건강검진을 받고 결과가 나오기까지 말 못 할 두려움에 떨어야 했습니다. 하지만 건강검진 결과에서 아무런 문제가 없다는 것을 확인한 용진 씨가 안도하며 말합니다.

"선생님, 도대체 내 병이 뭐죠? 나는 정말 죽을 것 같았다니까요. 지금도 그때 그 느낌을 떠올리면 식은땀이 흘러요. 다시는 그런 느낌이 없으면 좋겠어요."

불안anxiety의 어원 angere는 '숨 막히다, 질식하다, 목을 조인다'는 뜻을 갖고 있습니다. 숨이 막혀 질식할 것 같은 느낌은 공황장애의 주된 증상 중 하나지만 숨이 막혀 질식할 것 같은 삶은 공황장애의 원인이라고 할 수 있습니다. 중년이 되어 몸은 예전 같지 않은데 해야 할 일은 너무 많습니다. 그렇다고 꾀를 부릴 수도 없습니다. 회사에서도 책임, 집에서도 책임 속에서 삽니다. 무엇을 해도 마음 편할 날이 없고 하루도 삶의 무게가 가볍다고 느끼지 못합니다. 안과 밖에서 몸과 마음을 단단하게 묶어서 자신을 조이고 있다고 느낍니다.

이런 심리적 질식감이 일상화되어 우리의 몸과 마음이 더 이상 이렇게 숨 막히게 살 수 없다고 아우성치는 것이 중년의 공황장애입니다. 가슴이 조금만 답답해도 '이렇게 죽으면 안 되는데. 아직 할 일이 얼마나 많은데 이렇게 죽을 수는 없다. 내가 갑자기 죽으면 우리 애들은 어떻게 하나' 같은 비관적 생각에 사로잡혀 불안을 스스로 키웁니다. 죽음에 대한 공포와

153

함께 책임을 다하지 못하면 어쩌나 하는 절박감이 공황발작으로 이어집니다.

공황장애는 불안에 대한 불안입니다. 가슴이 뛰고 숨이 막혀 죽을 것 같다는 공포에 대한 불안을 느끼는 것입니다. 하지만 이런 불안과 공포는 실체가 없는 것입니다. 일상이 만들어내는 질식감과 마음속 깊은 곳에 있는 죽음과 상실에 대한 공포가 이런 허구의 느낌을 만들어내는 것입니다. 공황장애에 숨겨진 진짜 의미가 무엇인지를 깨닫게 되면 불안에서 벗어날 수 있습니다.

너무 숨 가쁘게 삶을 살고 있을 때, 그러면서 많은 것을 잃어버리고 살아갈 때, 자신에게 남은 시간이 점점 줄어들고 있다는 것을 절감할 때 번쩍하고 찾아오는 것이 공황입니다. 공황장애는 자신의 삶과 마음을 되돌아보라는 신호입니다.

마흔의
자신감은

어디서
오는가

　　원래 활달하고 적극적인 성격이었던 사람도 마흔이 넘으면서 어느 순간 자신감도 없어지고 사람들이 두려워진다고 합니다. 회의시간에 다른 사람들의 이목을 휘어잡을 만큼 당당했던 사람이 요즘 들어 발표할 일이 있으면 가슴이 두근거리고 불안해진다며 안정제라도 처방해달라고 병원을 찾아오는 사람도 있습니다.

　　평소에 잘하던 일조차 계속해낼 자신감이 점점 떨어져 새로운 도전을 꿈꾸는 것은 엄두도 못 내는 자신이 초라하게 느껴진다며 한숨을 내쉽니다. 친구를 만나도 자기 모습과 비교해보며 '나는 이 나이가 되도록 뭐 했나'라는 생각에 위축되기 일쑤라고 합니다. 지금까지 가족을 위해 최선을 다해 살아왔는데

> 감정 공부 <

도 요즘 들어 아내와 자녀들에게 '나는 좋은 아빠가 아닌 것 같아'라며 자신을 비난합니다.

나이가 드니 자신감이 떨어지는 것이 당연하다고 여기는 사람도 있겠지만, 오랜 사회생활의 경험을 토대로 정신력이 가장 강할 때가 중년인데 자신감이 떨어질 이유가 뭐 있느냐며 의문을 갖는 사람도 많습니다. 실제로 중년기에 더 활기차고 자신감 있게 살아가는 이가 있는 반면 별다른 이유 없이 자신감이 떨어진다며 당황해하는 이도 있습니다. 무슨 안 좋은 일이 있거나 크게 실패한 것도 아닌데 중년이 되니 마음이 약해졌다고 하면서요. 몇 가지 원인이 있습니다.

첫째, 신체적인 활력이 떨어지기 때문입니다. 정신적으로 아무리 튼튼하고 성숙한 사람이라도 몸이 아프면 마음도 약해질 수밖에 없습니다. 자신감은 마음의 문제인데 신체적 활력이 무슨 상관이냐고 할 수도 있겠지만 그렇지 않습니다. 누구나 느끼는 일이지만 몸이 아프면 의욕이 떨어지죠. 질병이 있으면 쉽게 우울해지고 실제로 우울증도 잘 생깁니다. 다리를 다치거나 관절이 아파서 활동을 오래 못 하게 되었을 때 우울증이 발생하는 경우도 흔합니다.

체력이나 신체적 건강은 심리적 자신감의 토대입니다. 인간은 심리적 상태보다 몸의 상태를 평가한 뒤 그것을 근거 삼아 자기 능력을 평가합니다. 쉽게 피로해지고 통증을 자주 느낀다면 우리 뇌는 '아, 내가 약해졌구나'라는 신호로 받아들입니다. 자신감도 떨어질 수밖에 없습니다. 과거에 느꼈던 신체적 활력과 지금의 신체적 활력을 비교하면서 '예전에는 안 그랬는데 요즘 왜 이러지?' 하면서 자신이 약해졌다고 인식하게 됩니다.

행복한 노후를 위해 가장 중요한 것은 두 다리입니다. 활동을 많이 할 수 있어야 노후의 정신건강을 유지할 수 있고 즐겁게 살 수 있기 때문입니다. 친구가 많아야 노후가 행복하다고, 돈보다 인간관계가 더 중요하다고 합니다. 그런데 친구가 아무리 많아도 체력이 약하고 다리가 아파서 움직이기 힘들면 불행해집니다. 친구가 적더라도 두 다리 튼튼하고 체력 좋은 노인은 혼자서 등산도 다니고 구경거리 찾아다니며 인생을 즐길 수 있다고 느낍니다.

베테랑 투수는 강속구만 던지려고 해서는 안 됩니다. 아무리 뛰어난 투수라도 나이 들면 젊은 투수에 비해 구속이 떨어집니다. 강속구만 던지면 오래 버틸 수 없습니다. 성숙한 투수라면 다양한 구질로 승부할 줄 압니다. 투구 타이밍도 원숙하게 조절할 줄 압니다. 젊었을 때의 영광에서 벗어나지 못하고 계속 강속구만 던지면 얼마 못 가 선수생활을 접어야 합니다.

둘째, 자신감이 떨어지기 때문입니다. 자신감은 자기 능력에 대한 믿음, 즉 자기효능감에 기초합니다. 내가 노력하면 원하는 결과를 얻어낼 수 있다는 자신에 대한 믿음입니다. 나이가 들수록 자기 능력에 대한 믿음은 줄어들 수밖에 없습니다.

기억력도 떨어지고 체력도 떨어지니까요. 능력을 더 키우고 확장할 수 있는 기회도 줄어듭니다. 중년이 되면 자기 능력의 한계도 알게 되고 삶에서 얻을 수 있는 것에는 제한이 있다는 것도 자연스럽게 받아들이게 됩니다.

그런데 마흔이 넘어서도 자연스러운 능력의 저하를 수용하지 못하면 자신감은 더 떨어지고 맙니다. 인정하면 홀가분해지고 여유로워지는데 '내가 왜 이렇게 약해졌나, 그러면 안 되는데……' 하고 부정하면 좌절감만 커집니다. 어쩔 수 없는 하향세를 비관적으로 해석하지 말아야 합니다. 목표를 현실적으로 낮출 줄도 알아야 합니다. 그렇다고 다 놓아버리라는 말은 아닙니다.

셋째, 사회적 비교입니다. 비슷한 나이에 세속적으로 성공한 사람들과 자신을 비교하면서 '나는 지금까지 뭐 하고 살았나, 내 인생은 그들에 비하면 아무것도 아니야!'라며 비참해하곤 합니다. 동창회에 갔더니 '누구는 건물도 올리고 회사 CEO가 되어 있고 자식들은 일류 대학에 들어갔던데…… 나는 이게 뭐야!'라며 자기 자신을 초라하게 느낍니다. '이 나이에 이제와서 노력해본들 저 친구들을 따라잡을 수도 없잖아'라는 생각에 이르면 앞이 보이지도 않습니다. 20대라면, 아니 30대라면 밤잠 줄여가며 노력하면 얼마든지 따라잡을 수 있는데 이제는 그럴 시간마저 없으니 자신감이 추락할 수밖에요.

자신을 사랑해라, 남과 비교하지 마라, 이런 말 흔히 합니다. 옳은 말이지만 실천하기는 어렵습니다. 나보다 키 크고 잘생긴 사람만 봐도 금방 기죽는 것이 보통 인간이니까요. 나는 아니라고 소리 높이는 이도 있겠지만 이들에게는 또 다른 열등감이 반드시 있게 마련입니다. 사람은 배고픈 건 참아도 배 아픈 것은 못 참는다는 말이 있습니다. 질투심을 느끼지 않는 사람이 어디 있겠습니까. 질투는 인류학적으로 볼 때 아주 오래 전부터 발달되어온 본질적 감정 중 하나입니다. 인간뿐만 아니라 꼬리감는원숭이 같은 영장류도 질투를 느낀다고 하더군요. 그러니 질투 같은 건 안 느낀다고 말하는 사람은 마음에 대해 무지한 바보이거나 거짓말쟁일 뿐입니다.

사람들은 질투를 나쁜 감정으로 취급하는데 이는 잘못된 태도입니다. '네가 할 수 있는 건, 나도 할 수 있어!' 이런 마음이 우리를 앞으로 움직이게 만든다는 것은 누구도 부인할 수 없는 사실입니다. 질투란 자신의 운명을 더 나은 방향으로 끌고 가는 힘입니다. 질투를 느끼기 때문에 더 노력하게 되고 더 나아지려고 행동하게 되니까요. 그래서 시인 기형도는 〈질투는 나의 힘〉이라고 노래했었죠.

질투라는 감정을 받아들여서 자기인식의 수단으로 활용할 수 있어야 합니다. 질투를 느끼는 것은 내가 욕망하는 것이 질투의 대상이 가진 속성 속에 포함되어 있기 때문입니다. 무엇 때문에 질투하고 있는지를 정확히 알고 나면 내가 삶에서 진정으로 원하는 것이 무엇인지 깨닫게 됩니다.

> 감정 공부 <

정신과 의사 노릇을 하면서 깨달은 것 중에 하나가 고통 총량 불변의 법칙입니다. 사람들은 살아가는 동안 누구나 똑같은 정도의 고통을 겪어야만 한다는 뜻인데, 사는 동안 하늘이 자신에게 정해준 고통의 몫을 반드시 다 겪어야 한다는 말이기도 합니다. 그것을 다 겪고 나면 죽음이 찾아오는 것이겠지요. 내 고통은 다른 사람의 고통과는 비교할 수 없을 정도로 괴로운 것이라는 착각에서 벗어나야 합니다. 이런 착각에서 벗어나지 못하는 것은 자기 자신을 너무 특별한 존재로 여기고 있거나, 특별한 존재가 되고 싶은 욕망의 삐뚤어진 표현일 수 있으니까요.

남자는 여자가,
여자는 남자가
된다

중년이 되면 남자는 여자가, 여자는 남자가 됩니다. 무의식에 숨겨져 있던 여성 속의 남성성, 남성 속의 여성성이 꿈틀대기 시작합니다. 이것을 각각 아니무스animus, 아니마anima라고 합니다. 남자는 남자답고 여자는 여성스럽게 성장해야 사회생활을 하면서 대인관계에 적응할 수 있습니다. 그렇게 살다 보면 남성은 남성다운 외적 인격이 우세해지고 무의식의 아니마를 억압하게 됩니다. 여성은 아니무스를 억압하게 됩니다.

남성 속에 억눌려 있던 여성성과 여성 속에 억눌려 있던 남성성이 표출되는 것에 대해 카를 융의 분석심리학에서는 다음과 같이 설명합니다. "얌전한 여성의 페르소나에 오랫동안 눌려 있는 아니무스는 분화되지 못한 채 한순간 충동적인 공격

161

성으로 표출되는 경우가 있다. 점잖은 신사의 페르소나를 자신과 동일시하고 살아온 남성은, 무의식 속에서 방치된 채 돌보지 않았던 아니마가 아마존의 원시 여성과 같은 야생적 충동으로 나타난다."

남성이 자신의 아니마를 의식화하지 못하면 중년이 되어 여성적인 특성이 미숙한 형태로 드러나게 됩니다. 남성의 무의식에서 억압되었던 분화되지 못한 아니마는 변덕스럽고 감성적인 기분, 허무함, 쓸쓸함, 과민성, 짜증, 때로는 폭발적인 분노로 표출됩니다. 아니마는 원래 남성 안에서 영감, 창조적 통찰, 예감, 섬세한 정감을 갖게 합니다. 아니마를 제대로 돌아보지 않은 남성은 융통성과 생동감, 창조성을 잃어버립니다. 완고하고 기계적으로 변합니다. 감정을 잃고 메마른 사람이 됩니다. 미성숙한 아니마에 자아가 사로잡혀버립니다.

그렇게 되면 피로를 느끼고 책임감을 잃고 공허에 휩싸입니다. 소심해지고 불안에 휩싸이기도 합니다. 미성숙한 아니마가 다른 여성에 투사되면 그 여인에게 강박적으로 집착하는 색정적 환상을 유발합니다. 아내와는 완전히 다른 여성, 또는 전에는 매력을 느끼지 못했던 완전히 다른 타입의 여성에게 넋을 잃고 빠져버립니다.

내면의 아니마를 돌보는 작업은 섬세한 정서를 되살리는 것부터 시작해야 합니다. 자기감정을 돌아보고 보살펴야 합니다. 적극적으로 표현해야 합니다. 정서가 요동치는 것을 두려

위하지 말고 있는 그대로 느끼고 받아들여야 합니다. 그동안 합리와 이성에 과도하게 의지해왔다면 마흔 이후부터는 감각과 감성에 더 공을 들여야 합니다. 중년 남성이 자기 내면의 아니마를 돌보고 성숙시켜나가면 생동감과 창조성이 되살아납니다. 아니마는 진짜 자기self에 닿기 위한 안내자가 됩니다.

여성이 자신의 무의식에 있는 아니무스의 존재를 인식하지 못한 채 억압해왔다면 미숙한 형태의 남성적 특징으로 표출됩니다. 여성의 내부에서 성숙하지 못한 아니무스는 비판적이고 논쟁적이며 경쟁적이고 공격적이고 고집스러운 자기주장으로 나타납니다. 미성숙한 아니무스가 따지는 버릇으로 나타나 이유 없이 논쟁적이 되거나 폭발적인 감정으로 표현됩니다.

미성숙한 아니무스에 사로잡힌 여성은 의견이나 생각을 쉽게 바꾸지 않습니다. 당신 말이 맞다는 이야기를 들을 때까지 자기주장을 멈추지 않습니다. 모든 가치를 깎아내리고, 비관적인 생각에 자아가 사로잡혀버립니다. 만사가 귀찮고 사는 게 의미 없다고 느껴지게 만드는 것이 바로 제대로 발달하지 못한 아니무스입니다.

중년 여성은 자신의 내면에서 억압되었던 아니무스를 의식화해야 합니다. 먼저 외부의 대상을 객관적으로 보는 연습이 필요합니다. 자신의 확신이 옳은지 되돌아보고 자기 의견과 다른 생각들을 비평하기보다는 받아들이는 것이 중요합니다. 내면의 아니무스가 성숙해갈수록 중년 여성의 용기와 지혜도 함

> 감정 공부 <

께 자랍니다. 무엇보다 제대로 자라지 못한 내면의 아니무스는 자존감을 해치는 원인입니다. 하지만 아니무스가 의식화되어 감에 따라 중년 여성의 자존감도 커지고 있는 그대로의 자기를 받아들이고 사랑하게 됩니다.

마흔 이후에는 밖으로 우세한 외적 인격과 안으로 억압되었던 내적 인격 간에 새로운 힘의 균형을 찾기 위한 움직임이 나타납니다. 남자는 정서와 관계성을 향한 욕구가 커지는 반면에 여자는 자율성과 자기실현을 향한 욕구가 커집니다. 아내가 더 이상 순종적이지 않고 자기주장이 강해지면 남편은 당황합니다. 남편이 감성적·의존적으로 변하면 아내는 자신이 어떻게 남편을 대해야 할지 몰라 혼란스러워집니다.

중년이 되어 나타나는 이러한 변화를 받아들일 수 있어야 합니다. 남편은 아내의 변화를, 아내는 남편의 새로운 모습들을 이해할 수 있어야 합니다. 당황하고 놀라면 거부하게 됩니다. 서로 상처받고 움츠러듭니다. 마흔이 넘으면 아니마, 아니무스를 돌봐야 할 시기가 된 것입니다.

부부는 자신의 모습을 서로에게 비춰주는 거울입니다. 남편은 아내를 통해 자기 모습을 봐야 합니다. 논쟁적이고 의심하며 자기주장을 내세우는 아내 모습이 지금껏 자신이 아내에게 보였던 태도가 아니었는지 하고 말입니다. 아내는 남편의 예민하고 감성적인 태도, 외롭다고 위로받고 싶어 하는 마음을 보면 내 안에 그런 특성이 있었던 것은 아닌가 하고 자신을 돌아봐야 합니다. 이렇게 서로가 서로를 비추며 상대방 속에서 자신의 모습을 보면서 서로를 고쳐나가는 것이 마흔 이후 부부의 모습입니다.

> 감정 공부 <

호르몬
전쟁에서

살아남기

　얼마 전 이제 막 대학에 입학한 청년이 저를 찾아왔습니다. 진로나 연애, 아니면 요즘은 사춘기를 대학교에 들어가서 겪는다고 하니 그런 문제가 아닐까 했는데 좀 의외였습니다. 다름 아니라 아버지 어머니가 예전과 달라졌다면서 걱정이 된다고 했습니다.

　이 청년의 어머니는 얼마 전까지 갱년기 증상으로 고생이 많았다고 하더군요. 어머니가 '덥다, 춥다, 온몸이 쑤시고 아프다, 우울하다'고 해서 옆에서 지켜보는 가족도 마음이 아팠다고 합니다. 그런데 최근 들어 이런 증상은 사라진 것 같은데 예전과 달라졌다고 했습니다.

　"엄마가 목소리도 커지고 하고 싶은 말을 거침없이 쏟아

166

내요. 예전에는 그러지 않았어요. 원래 남의 이야기를 잘 들어주고 화도 안 냈는데. 요즘은 당신이 원하는 대로 안 되면 버럭 화를 내는 일이 잦아요. 온 가족이 엄마 눈치를 보고 있었어요."

반대로 아버지는 얼마 전에 퇴직을 하셨는데 매사에 기운이 없고 주눅 들어 보여 안타깝다고 했습니다. 어린 시절에는 일만 하는 아버지와 친하지 않아서 살가운 느낌이 없었습니다. 집안의 대소사부터 식사 메뉴, TV 채널 선택권까지 모든 것을 마음대로 하는 등 굉장히 가부장적이고 권위적인 아버지에게 반감이 심했습니다. 그런 아버지 비위를 맞추며 사는 어머니가 안타까웠습니다. 그런데 아버지가 퇴직을 하면서 집안 분위기가 완전히 역전되었습니다. 어머니가 아버지에게 잔소리하는 일도 많아졌고, 종종 큰 소리로 다투기도 합니다. 그래서 청년은 두 분 사이에서 어떻게 해야 할지 모르겠다며 나를 찾아온 것이었습니다.

여성이 갱년기가 되면 감정과 생각이 변합니다. "기분이 들쭉날쭉해요. 수도꼭지를 틀어놓은 것처럼 눈물이 나요. 창피해서 사람들도 못 만나겠어요. 예전에는 그러지 않았는데 요즘은 자꾸 안 좋은 기억만 떠올라요. 불안한 예감만 들고요"라고 합니다. 그러면서 '남편이 밉다. 내 말 안 듣는 아들녀석에게 화가 난다. 내가 지금까지 어떻게 뒷바라지하고 키웠는데 나를 이렇게 서운하게 만드냐'며 주변 사람들에 대한 미움을 드러내

167

기도 합니다.

　중년 부부 중에 비슷한 상황을 겪고 있는 이들이 꽤 많을 겁니다. 40대 후반부터 50대 초중반까지 여성은 갱년기 증상을 겪다가 폐경에 이릅니다. 남성은 이보다 조금 늦게, 상대적으로 서서히 남성 호르몬이 저하되면서 갱년기를 맞죠. 중년 남성과 여성이 모두 다 성호르몬의 변화 때문에 신체적·심리적으로 급격한 변화를 맞이합니다. 벼락을 맞은 것처럼 충격을 받고 어찌할 줄 몰라 하는 중년 남녀뿐만 아니라 같이 생활하는 가족도 변화를 감당하기 힘들어합니다.

　중년 여성은 남성 호르몬인 테스토스테론의 영향을 더 많이 받게 되면서 지금까지 없었던 공격적인 면모를 보입니다. 쉽게 짜증을 내거나 사소한 문제도 그냥 넘어가지 않고 화를 내게 됩니다. 정도의 차이가 있을 뿐 중년 여성이라면 누구에게나 일어날 수 있는 자연스러운 생리적 전환의 과정인데, 가족이 이것을 이해하지 못하면 맨날 화만 낸다며 애꿎게 엄마를 탓하게 되죠.

　중년 남성은 감성적이 되거나 여성적인 취향이 나타납니다. 남성 호르몬은 감소하고 상대적으로 여성 호르몬의 영향을 더 받게 되기 때문이죠. 중년 남성들은 "자꾸 마음이 약해지고, 별것 아닌 일에 눈물이 나요"라며 당황해서 상담실을 찾기도 합니다. 예전에는 관심도 없던 드라마를 보고 울거나 혼자 있으면 처량한 느낌이 들면서 울적해진다고 호소합니다. 남성 갱년기는 여성에 비해 가랑비에 옷 젖듯 서서히 찾아와서 지속됩니다. 여성처럼 급격한 증상이 있는 게 아니라서 '이게 갱년기인가? 피곤해서 그런 거 아닌가?' 하고 긴가민가한 경우가 많습니다.

더욱이 이 시기에 퇴직을 하면 심리적으로 더 위축될 수밖에 없죠. 일을 그만두고 나면 '나는 뭔가? 지금까지 내 인생은 어떤 의미가 있을까?' 하며 자기 정체성에 대한 혼란을 겪게 되는데, 갱년기까지 겹치면 비관적인 생각에 사로잡혀 더 우울해지게 마련이죠.

게다가 부부 사이의 역학은 현저하게 달라집니다. 아내는 남편 중심으로 살아왔던 것에 대한 보상 작용으로 '나도 다르게 살아야겠다'는 마음을 갖습니다. 아내의 자기주장이 커지는 것을 보고 남편은 퇴직하니까 아내가 무시한다고 불쾌하게 여기면서 부부 갈등이 생기기도 합니다.

남편과 아내, 누구 탓이 크냐고 따질 문제가 아닙니다. 누가 더 힘들겠다며 비교할 문제도 아닙니다. 자녀가 중재하기도 힘듭니다. 부모의 이런 모습을 지켜보면서 답답하겠지만 아버지와 어머니 중 누군가의 편에서 지원할 문제도 아닙니다. 부부가 같이 풀어가야 하는 중년의 숙제니까요.

그나마 자녀가 사춘기가 아니라면 다행입니다. 부모의 갱년기와 자녀의 사춘기가 겹치면 호르몬 전쟁에 휩싸이게 됩니다. 자녀도 급격한 호르몬의 변화를 겪으면서 감정이 요동치고

> 감정 공부 <

심리적으로도 독립하려는 욕구가 커지면서 부모에게 반항하기도 할 테니까요. 하루도 조용할 날이 없을 겁니다.

　중년 남녀는 갱년기에 어떻게 대처할까요? 우선 금방, 쉽게 해결하려고 욕심내지 마세요. 제3자의 어설픈 조언을 따라 하다가는 오히려 문제가 커질 수도 있습니다. 부부가 서로에게 "이렇게 해라, 저렇게 해라" 하며 몰아세우면 안 됩니다. 서로 상대방 탓을 하며 비난하고 자기 문제는 회피하려 들 테니까요. 가족의 행동을 억지로 바꾸려고 하면 갈등이 커집니다.

　내 마음이 어떻게 달라지고 있는지, 그러한 변화가 어디에서 비롯되었는지, 이것이 부부관계, 자녀와의 관계에 어떤 영향을 주는지 천천히 생각해보겠다는 마음가짐이 중요합니다. 뭔가 그럴듯한 해결책을 찾아서 빨리 해결하겠다고 하기보다는 한 발짝 물러서서 우리 가족의 상황을 영화처럼 관찰해보겠다고 생각하세요. 자기 마음이 혼란스럽게 요동치는 것은 내버려둔 채 나는 아무렇지 않은데 배우자와 자식들이 나를 힘들게 한다고, 내가 이렇게 힘든데 내 마음을 몰라주는 가족들이 밉다고만 여기면 더 힘들어지니까요.

　갱년기를 긍정적으로 받아들이세요. 갱년기 증상으로 얼굴이 붉어지면 혈색 좋아졌다고 여기세요. 밤에 잠이 오지 않으면 혼자만의 시간을 가져보세요. 얼마나 원했던 시간입니까! 일하고 자녀 돌보느라 자기 시간이 없었잖습니까. 잠이 오지 않는 밤에는 소리 좋은 헤드폰을 귀에 덮고 음악에 몸을 맡

기세요. 식은땀이 나서 불편하면 운동으로 땀을 더 흘리세요. 갱년기를 의사의 도움 없이 스스로 극복할 수 있는 방법은 갱년기에 대한 낙관적 기대와 운동밖에 없습니다. 자신을 호르몬 전쟁의 피해자로 남겨두지 마세요.

감정 난독증에
걸린
사람들

감정을 잘못 읽고 적절하게 표현하지 못하는 것을 일컬어 '감정 난독증'이라 부릅니다. 사실 이건 제가 만들어낸 용어입니다. 40~50대를 상담해보니 자기감정인데도 제대로 해석도 표현도 못 하는 이가 많았습니다. 이런 경우, 감정 난독증을 갖고 있다고 정의 내리기로 했습니다.

감정 난독증을 가진 사람은 감정을 엉뚱하게 이해하고 드러냅니다. 교육이나 경제적 수준과는 아무런 연관이 없습니다. 사회생활 잘하고 직장에서 승승장구하고 대인관계 원만한 사람 중에도 감정 난독증 환자가 많습니다. '항상 밝은 표정 지어라, 낙관적으로 살아라, 감정에 휘둘리지 마라, 이성적으로 판단해라'같이 세상이 자신에게 부과하는 감정 규칙을 너무 열심히 따르다 보니 솔직한 자기감정을 억누르는 데 익숙해져서 그렇습니다. 직장 상사 눈치 보고 주변 사람 마음 살피느라 정작 자기 마음은 제대로 돌보지 못했기 때문입니다.

흔히 볼 수 있는 사례들을 소개하겠습니다. 경철 씨는 외롭습니다. 그는 어릴 때부터 외로움은 나약한 감정이라고 배웠습니다. "사내자식이 외로움을 타면 되나, 강해져야지"라는 부모님 말씀이 내면의 규칙으로 자리 잡았습니다. 외로울 때마다 이 감정을 부정했습니다. 그렇게 살다 보니 중년이 되어서도 외로움과 익숙해질 수 없었습니다. 그는 '외로워'라는 감정을 '술이 당기네'라고 바꿔 읽었습니다. 외로울 때마다 술을 찾고 자신은 외로운 게 아니라 술을 즐긴다고 여겼습니다.

실적이 나빠 승진에서 몇 차례 밀려나서 조기 퇴직을 걱정하던 지환 씨. 그는 불안했습니다. 퇴근해서 집에 와 있는데도 회사 일 걱정을 했습니다. 아내에게 "요즘 회사 일로 내가 걱정이 많아. 불안해"라고 하면 되는데 "반찬이 이게 뭐야. 나를 무시하는 거야!"라며 화를 냅니다. 불안을 분노로 바꿔버린 것이지요.

가족이 자신의 노고를 몰라준다며 슬퍼했던 기현 씨. 그는 "아무도 없는 산속에 들어가서 살고 싶어"가 입버릇이 되었습니다. 그에게 진짜 필요한 건 가족의 관심과 애정인데도 혼자 살면 행복할 것 같다고 느꼈습니다. 과연 기현 씨가 산속에 들어가 혼자 살면 행복을 느낄 수 있을까요? 아마 며칠 못 가 더

173

외로워질 겁니다. 자신의 핵심 감정을 외면했으니까요.

우울함이 찾아올 때마다 남편이 미워진다는 정미 씨도 있습니다. 그녀는 '남편 뒷바라지, 아이들 공부 때문에 내 젊음이 다 날아가버렸어. 나도 내 일을 하고 싶어!'라는 열망을 품고 있습니다. 그런데 남편은 무조건 반대입니다. "당신 나이에 뭘 하겠어. 괜히 사고 치지 말고!"라며 무시합니다. 이런 말을 반복해서 듣다 보니 '내 꿈을 좌절시킨 것은 남편이야'라는 생각이 마음에 뿌리내렸습니다. 정미 씨는 우울해질 때마다 우울한 건 남편 때문이라는 생각이 자동으로 떠올랐습니다. "당신이 나를 인정하고 도와주면 좋겠어"라고 하면 될 것을 "당신이랑 이혼하고 싶어" 하고, 남편은 남편대로 "요즘 왜 이렇게 예민하게 굴어"라고 하니 부부 사이에 불화는 더 커졌습니다.

마흔 이후는 이성보다 감정이 더 중요해지는 시기입니다. 험난한 사회에서 살아남으려고 이성에 의존해왔더라도 마흔 이후에는 자기감정, 타인의 감정을 소중히 다루려고 노력해야 합니다. 중년 이후에도 정서 지능을 키울 수 있습니다. EQ라고 하는 것도 거창한 게 아닙니다. 자기감정을 정확히 읽고 제대로 표현하며 감정에 담긴 욕구를 적절히 충족시킬 줄 알면 'EQ가 높다'고 합니다. 자기감정을 정확히 인식할 줄만 알아도 70~80점은 그냥 따고 들어갑니다.

느낌을 언어로 묘사하는 것부터 시작하세요. "가을이 되어 선선한 바람이 부니 좋네"처럼 사소한 감동을 말로 드러내보세요. "파란 하늘이 참 좋다"도 괜찮은 출발입니다. "저녁노을이 예쁘네"라는 표현도 훌륭합니다. "배고프다, 밥 줘"가 아니라 "밥이 꿀맛이네, 당신 애정이 밥에 녹아 있는 것 같아"로 이어지면 더욱 좋겠죠. 우울하면 "오늘 기분이 울적하네. 오랜만에 아내와 저녁 먹으며 데이트해야겠어"라고 말하며 우울감 이면에 숨겨진 친밀감을 향한 욕구를 충족시킬 수 있다면 더더욱 좋습니다.

내가 느끼는 감정과 그 감정 속에 숨겨진 욕구를 이렇게 표현해보세요. "야, 왜 이렇게 방을 어지럽혔어!" 하고 자녀에게 짜증을 내는 것이 아니라 "엄마가 지금 기분이 별로 좋지 않아. 너희가 스스로 방을 정리해놨으면 좋겠다"처럼 말이죠.

'나의 솔직한 감정은 뭘까? 그 감정은 내가 어떻게 행동하기를 바라면서 생겨난 것일까?' 하고 자기 마음과 대화하는 연습도 좋습니다. 단순해 보이지만 실천은 쉽지 않습니다. 습관을 들이는 건 더욱 어렵습니다. 꾸준히 반복해야 합니다.

분노라는
감정의
해부학

　인간이 분노를 느끼는 이유는 크게 세 가지입니다. 첫 번째는 자존감에 상처를 입을 때입니다. '남편이 나를 무시한다. 나를 함부로 취급한다.' '회사에서 나의 노력을 인정해주지 않는다. 나에게 맞지 않는 부서로 발령이 났는데 이건 회사가 나를 무시하는 처사다.' '직장 상사가 나에게 이것밖에 못 하느냐고, 할 줄 아는 게 뭐냐고 무시한다.' 이런 말을 하는 사람은 자존감에 심한 상처를 받았기 때문에 분노를 느끼는 겁니다.

　두 번째는 자신의 고유한 영역에 원치 않는 사람이 침범했을 때입니다. 생존을 위해서 절대적으로 필요한 자신의 바운더리에 누군가가 침범해오면 공격해서 쫓아내야 한다고 본능적으로 느끼는 것이지요. 내 결혼생활에 다른 이성이 침범한 경

우, 직장 동료가 내 일을 가로챈 경우, 사회에서 다른 사람이 내 자리를 차지한 경우부터 작게는 줄 서서 기다리는데 누군가 새치기를 하는 경우까지 폭넓게 해당합니다.

세 번째는 정당성의 훼손에 따른 분노입니다. 이것은 원칙과 당위, 옳고 그름의 경계가 무너졌을 때 느끼는 분노입니다. 이것은 사회적인 이슈와도 관련됩니다. 원칙에 따라 일을 하면 오히려 손해를 보는 사회에서 살아가야 한다면 이런 종류의 분노를 더 자주 느낄 수밖에 없습니다. 자신이 할 수 있는 것은 아무것도 없다는 무력감을 느끼면 분노는 더 커집니다.

분노는 자연스러운 감정입니다. 분노를 느끼는 것은 자신의 영혼이 상처받았다는 의미입니다. 타인과 세상에 대해 실망을 느꼈다는 뜻입니다. 무조건 덮어두는 것도 옳지 않습니다. 화를 억지로 눌러서 생기는 게 화병입니다. 억울하고 분해도 아프다고 소리치거나 "나에게 더 이상 상처 주지 마!"라며 스스로를 지키지 못했기 때문에 분노가 생깁니다. 시어머니에게 구박받고 남편에게 무시당하면서 살아온 중년 여성이 몸에는 아무런 문제가 없는데도 '가슴이 답답하다. 속에서 불덩이가 치밀어오른다. 소화가 안 된다. 머리가 깨질 것 같다'는 증상을 호소합니다. 감정이 몸속에서 탈을 일으킨 것이지요. 나중에는 마음을 까맣게 태워서 우울증이 됩니다.

'지금 느끼는 분노가 정당한가?' 하고 스스로에게 물어보세요. 정당한 분노라면 밖으로 표현되어야 합니다. 모멸감을 느끼고 부당한 이유로 자존감에 상처 입고 고유한 자기 권리를 침해당했다면 화를 내서 자기 정체성을 지켜야 합니다. 이런 분노는 생존에 도움이 되는 적응적 감정입니다. 적응적 분노는 참아서는 안 됩니다. 고함을 지르며 표출하는 게 아니라 나를 지키기 위해 적절하게 표현하는 것이 중요합니다.

"아, 성질나서 미쳐버리겠네!"가 아니라 "당신 잘못으로 너무 화가 납니다"라고 자기 느낌을 언어화합니다. 그러고 나서 원하는 것을 묶어서 알려줍니다. 나에게 사과했으면 좋겠다고, '나'를 주어로 해서 나의 느낌과 욕구를 표현합니다.

만약 자기 분노를 감당하기 어렵다면 화내는 것을 잠시 미뤄두겠다고 마음먹는 것도 좋은 방법입니다. 정당한 분노를 억지로 참으려면 잘되지 않을뿐더러 '내 잘못도 아닌데 왜 참아야 하느냐!'라는 생각 때문에 분노가 더 커집니다. 이럴 때는 '10분만 미뤄두었다가 나중에 실컷 화를 내겠다'라고 여기면 감정을 조절하기도 쉽고 그사이에 분노의 강도도 약해집니다.

분노라고 해서 다 같은 감정이 아닙니다. 마음의 평화를 위해서는 분노 감정을 세밀하게 해석하고 상황에 맞춰 활용할 수 있어야 합니다. 적응적 분노는 현실세계에서 자기 목표를 이룰 수 있게 해줍니다. 나라는 사람의 정체성을 지킬 수 있게 해줍니다. 분노의 고유한 기능을 잘 활용하기 위해서는 감정에 지배당하는 것이 아니라 그것을 내 안에 수용하고 자기 감각 속에 통합할 수 있어야 합니다.

정당하지 않은 비적응적인 분노도 있습니다. 화가 나지 않아야 하는 상황에서 분노를 느끼는 것이죠. 수단적 분노가 그중 하나입니다. 대인관계에서 감정을 수단으로 활용하기 때문에 이렇게 부릅니다. 분노로 타인을 지배하고 통제하려 드는 것입니다. 화를 내면 일시적으로 내가 당신보다 우월하다고 느껴지기 때문입니다. 감정적인 착각에 불과한데도 이것이 강화되면 도덕적으로도 우위에 있다는 환상에 젖습니다. 분노를 타인에게 쏟아내고는 짜릿한 쾌감을 느끼죠.

이런 분노는 금방 중독됩니다. 나중에는 사소한 일에도 분노로 상대를 제압하려는 버릇이 튀어나옵니다. 이렇게 분노가 습관화되면 타인과의 정상적인 감정 교류가 차단됩니다. 수단적 분노는 내면에서 생기는 자연스러운 정서가 아닙니다. 나에게 유리한 상황을 억지로 구성하기 위해 내가 조작한 감정에 불과합니다. 이른바 '갑질'이 대표적입니다. 힘과 권력을 가진 이가 감정적으로 타인을 지배하려고 할 때 갑질 현상이 일어나는 겁니다.

회피로서의 분노도 있습니다. 진짜 감정을 분노로 덮어버리는 것입니다. 어린 시절 어른들에게 "약해지면 안 돼, 강해져야 해"라고 교육받아온 사람은 눈물 흘리고 싶고 의지하고 싶을 때도 강해져야 한다는 믿음 때문에 위로받고 싶은 욕구를 회피합니다. 불안과 우울을 고통스럽게 느끼고 이런 감정들을 분노로 감춥니다. 중년 남자가 우울증에 걸렸을 때 사소한 일에 짜증이 늘고 분노를 폭발하는 것도 이런 이유 때문입니다. 정서적 위안이 필요한데도 오히려 주변 사람에게 버럭버럭 화를 내서 멀어지게 만들고 더 깊은 외로움에 빠지고 맙니다. 자기감정이 진정으로 원하는 것을 스스로 외면해버립니다. 슬퍼하기를 두려워해서는 진정으로 행복해질 수 없습니다.

콤플렉스와 약점을 방어하기 위한 분노도 있습니다. 분노조절에 문제가 있는 사람들을 보면, 뿌리 깊은 열등감과 자기혐오를 갖고 있습니다. 자기 문제를 타인에게 들키지 않으려고 분노를 활용해 강한 척, 센 척합니다. 열등감이 큰 사람일수록 타인의 사소한 말 한마디에도 과잉 반응합니다. 웃자고 한 농담에 욱하고 달려듭니다. 이런 사람은 분노조절에만 초점을 맞춰서는 안 됩니다. 있는 그대로의 자기를 받아들이고 사랑할 수 있어야 분노조절 장애도 해결됩니다.

3

인간은 점점 더 추운 곳을 향해
걸어가는 여행자다

관계 공부

외로움에
대한
고찰

"아, 외롭다!"라고 호소하는 40, 50대가 참 많습니다. 외롭다고 하면 초라해 보일까 봐 속으로만 '나 외로워. 어떻게 좀 해줘!'라는 이는 더 많습니다. 사람이 없어서 외로운 것이냐 하면 꼭 그렇지는 않습니다. 집에는 처자식이 있고 스마트폰에서 전화번호 목록을 끝까지 스크롤하려면 한참 걸리는데도 "너무 외로워!"라고 합니다.

1993년부터 2012년까지 캘리포니아대학교 의과대학에서 노인의학 전문의인 페리시노토Carla M. Perissinotto 박사가 노인의 외로움에 대한 연구를 진행한 적이 있습니다. 이 연구 결과에 따르면, 기혼자 중 외롭다고 느끼는 비율이 62.5퍼센트에 이른다고 합니다. 배우자가 있는데도 혼자라고 느끼는 사람이 태반

185

이 넘는다는 겁니다. 오히려 파트너 없이 혼자 사는 사람 중에서 외롭다고 생각하는 경우는 26.7퍼센트에 불과했습니다. 이 수치를 보면 옆에 사람이 있다고 외로움에서 벗어나는 것도 아니고, 혼자 산다고 무조건 외로운 것도 아니라는 걸 알 수 있습니다.

나란히 소파에 앉아 있어도 남편은 텔레비전만 멀뚱히 바라보고 아내는 스마트폰만 뚫어지게 보고 있으면 같이 살아도 외로울 수밖에 없겠죠. 이런 걸 두고 '고요한 존재의 외로움 quiet-presence loneliness'이라고 합니다. 친구가 아무리 많으면 뭐 합니까. 만나기만 하면 자기 자랑만 늘어놓는 친구라면 왜 저런 소리를 듣고 있어야 하는지 짜증만 날 뿐인데요. '나는 왜 이렇게 초라하게 사나' 하는 자괴감의 유발자에 불과하죠. 비즈니스로 만난 사람들은 두말할 나위도 없습니다. 솔직해질 수 없는 관계로 외로움이 달래질 리 없습니다. 유명인사 주변에는 사람들이 넘쳐나지만 그들 중 진실한 관계를 맺기는 훨씬 어렵죠. 중년이 되어 힘 좀 쓰는 위치에 오르면 오를수록 더 심한 고독에 빠져들 수밖에 없습니다.

만성적인 외로움은 흡연만큼 해롭습니다. 여러 연구 결과를 종합해보면 만성적인 외로움은 심혈관질환 발병률을 높입니다. 조기사망 위험인자입니다. 외로움을 느끼는 사람은 그렇지 않은 이보다 빨리 죽을 확률이 14퍼센트나 높다고 알려져 있습니다. 외로워지면 면역력도 떨어지고 스트레스 호르몬이 과다 분출되며 자율신경계의 균형이 무너집니다. 혈관도 딱딱해지고 신체에서 염증 반응이 일어나서 질병도 잘 걸리고 통증도 더 많이 느낍니다. 뇌 기능이 저하되어 치매 발생 위험도 높아집니다.

'나는 혼자다'라며 소외감을 느끼면 배측전대상피질dorsal anterior cingulate cortex, DACC 영역이 활성화되면서 암 환자처럼 통증을 느끼게 됩니다. 외로우면 옆구리가 시리다는 말, 괜한 소리가 아닙니다. 외로운 사람이 자꾸 아프다고 하는 건 관심 끌려고 그러는 게 아닙니다. 생물학적으로 진짜 통증을 느끼는 겁니다. 외로울 때 춥다고 하는 것도 그냥 하는 말이 아닙니다. 외로움은 체온 감각을 변화시킵니다. 고독감을 느낄수록 주변의 온도를 더 낮게 지각하도록 뇌가 변합니다. 추우니까 사람들 곁으로 다가가게 만들기 위한 진화생물학적 장치가 우리 뇌에 장착되어 있는 것이죠.

1961년 미국의 내과 의사였던 스튜어트 울프Stewart Wolf는 펜실베이니아주 로세토 지역의 의사와 술을 마시다 우연히 재미난 이야기를 듣습니다. 그 지역에 사는 이탈리아계 미국인들은 다른 지역 주민보다 심장병에 잘 안 걸린다는 것이었습니다. 울프 박사가 이 지역의 심장병 유병률과 사망률을 조사해보니 55세에서 64세 인구 중 심장병으로 죽은 사람은 없었고, 65세 이상 인구 사망률도 전국 평균의 절반에 불과했습니다.

더 놀라운 건 로세토 주민들은 소시지나 미트볼을 즐겨 먹고 술과 담배도 엄청나게 해댄다는 것이었습니다. 그런데도 심장병에 잘 안 걸렸습니다. 도대체 어디서 이런 효과가 나타나나 조사해봤더니 이 지역 특유의 서로 존중하고 협동하는 공동체 문화 때문인 것으로 밝혀졌습니다. 이웃 주민들이 서로를 가족처럼 믿고 의지하는 것이 건강 비결이었던 것이죠. 이것이 바로 '로세토 효과Roseto effect'입니다.

사람이 실제로 옆에 있느냐 없느냐 하는 것보다는 주관적으로 느끼는 외로움이 더 중요합니다. 외로움이 건강에 끼치는 영향을 조사해보면 친구의 숫자나 대인관계의 폭보다는 스스로 외로운 사람이라고 인식하는지가 우울증과 연관되는 것으로 나타납니다.

20대까지는 친구의 숫자가 중요합니다. 이 시기에는 인간관계를 넓혀야 합니다. 사람들을 만나면서 사회성을 키워야 합니다. 청년기에 맺어둔 인간관계의 질이 중년 이후의 행복에 영향을 끼칩니다. 그런데 마흔이 되면 감정을 공유하고 서로 신뢰할 수 있는 사람이 단 한 명이라도 있느냐 하는 것이 더 중요합니다. 중년에 맺은 인간관계의 질이 노년의 건강과 행복을 결정합니다.

외로움을 느낄 때 자신이 어떻게 행동하는지 관찰해보면 좋습니다. 외롭다고 이 사람 저 사람 무턱대고 만나고 의미 없는 모임인데도 소외될까 두려워 아까운 시간을 낭비하고 있지는 않은지, 술로 스스로를 위로하려 들지는 않는지, 고독이 두려워 보지도 않는 텔레비전을 계속 켜놓고 있지는 않은지, 빈 말로 가득한 단톡방을 들락거리느라 다양한 경험을 외면하고 있지는 않은지.

외로움을 해소하는 좋은 방법 중 하나는 타인을 돕는 것입니다. 나 아닌 다른 사람을 향한 따뜻한 눈빛, 따뜻한 말 한마디가 체온을 올립니다. 감정의 온도를 높여 외로움을 없애줍니다. 봉사활동에 참여해보세요. 후배를 진심으로 사랑하고 키워주세요. 이웃을 가족처럼 여기고 사세요. 다 좋습니다.

무엇보다 가까이에 있는 가족과 추억을 만들어가야 합니다. 거창한 활동이 필요한 게 아닙니다. 일주일에 한 번은 배우자와 단둘이 데이트 시간을 가지세요. 외식도 하고 공연도 같이 보세요. 일요일에 교회에 가는 것처럼 때가 되면 제사가 돌아오는 것처럼 일상의 의식을 만드세요. 수요일은 외식의 날, 금요일은 영화 보는 날처럼 말이죠. 퇴근 후에 가족과 함께 집 주변을 산책해보세요. 결혼사진을 꺼내놓고 두런두런 대화해도 좋고요.

그래도 외로움이 떨쳐지지 않는다고요? 당연합니다. 근원적인 외로움을 완전히 없앨 수는 없어요. 외로움이라는 감정이 고통을 주기 때문에 인간은 무리를 지어 생활해왔습니다. 그래서 인류가 진화했고요. 살아 있는 한 외로움이라는 감정은 절대 사라지지 않습니다.

혼자라고 모두 외로움을 느끼는 건 아닙니다. 혼자를 즐길

189

줄 알면 외로움의 고통은 따라붙지 않습니다. 건강에 아무런 해도 주지 않습니다. 혼자만의 취미, 혼자만의 여행, 혼자 밥 먹고 영화 보는 것도 내 마음이 편하다면 문제될 것 없습니다. 외로움을 아름다운 고독으로 승화시키는 것이 최고의 명약입니다.

사람은 모두 외롭습니다. 마흔이 지나면 더 외롭습니다. 지금 외롭지 않아도 언젠가 외로워집니다. 나는 외롭지 않다고 외치는 이는 거짓말쟁이입니다. 태어나서 죽을 때까지 인간은 철저하게 고독한 존재입니다. 가족과 친구가 곁에 있어도 심리적 간극이 있습니다. 아무리 사랑하는 사이라도 사람은 서로에게 영원한 이방인입니다. 어떤 관계도 외로움을 완전히 달래주지는 못합니다. 인정하고 받아들여야 합니다. 나만 춥고 외롭다는 생각에 빠져들면 안 됩니다. 외로움과 친구가 되어야 합니다.

내 남편의
우울증

우울증에 걸린 남편을 어떻게 도와줘야 하느냐고 물어오는 여성들이 많습니다. 우울증의 양상, 남자의 특성, 집안 분위기, 현실적인 스트레스, 평소의 부부관계 등에 따라서 접근법이 다 다릅니다. 이게 맞다, 저게 맞다 함부로 말하기 어렵습니다. 딱 이거다 하는 정답이 정해져 있지도 않습니다.

하지만 어떤 상황에서 지켜져야 하는 원칙 몇 가지는 얘기할 수 있습니다. 우선 남편에게 직설적으로 '이렇게 해라, 저렇게 해라' 식으로 충고하는 건 삼가는 것이 좋습니다. 사람을 변화시키는 것은 옳은 말이 아니라 진심 어린 공감입니다. 당신보다 힘든 사람도 잘하는데 왜 그러느냐고 말하면 남편은 기가 죽거나 아내가 자신을 무시한다며 화를 낼 수도 있습니다. 아

191

내 입장에서는 남편에게 자극이 되라고 한 말이겠지만 이런 말은 하지 않는 게 낫습니다. 위로가 되기는커녕 비난으로 들리기 십상이니까요.

아내가 너무 단정적으로 표현하면 남편 입장에서는 자기 아픔을 쉽게 여긴다고 서운함을 느낍니다. 남편의 상황을 정확히 평가해서 알려줬다고 여기는 아내는 남편이 이해하지 못한다고 하겠지만 타인에 대한 평가와 판단의 말은 비난과 유사한 성질을 띱니다. 그래서 듣는 이의 감정을 더 상하게 만듭니다.

남편이 하는 말 그 자체보다는 이면에 담긴 의미를 읽으려고 노력하는 게 중요합니다. 남편의 표현이 거칠거나 상처를 주더라도 너무 신경 쓰지 않아야 합니다. 남편은 마음을 솔직하게 드러내지 않으면서 아내가 자기를 100퍼센트 이해해주기를 바랍니다. 아내가 뭘 해줘도 불평을 늘어놓거나 '귀찮다, 하지 마라'만 연발합니다. 그러면서도 조금만 서운하게 하면 삐치기도 하고요. 심술 난 아이처럼 구는 것이지요.

겉으로 드러나는 행동이 그렇더라도 남편의 속마음은 '그냥 아무 말 하지 말고 내 곁에 있어줘'라고 이해하면 됩니다. '우울하고 두려운데 나도 어떻게 해야 할지 모르겠어. 그래도 당신이 곁에 있어줘서 마음이 놓여. 내가 바보처럼 굴어도 나를 떠나가지는 말아줘'라고 말하고 싶은 겁니다. 남편이 감정을 털어놓을 때 언제든지 귀 기울여줄 것이라는 확신을 심어주는 것이 중요합니다.

남편이 하는 말에 뭐라고 대꾸해야 할지 모르겠다면 이렇게 말해보세요.

"당신을 도와주고 싶지만 어떻게 해야 할지 모르겠어."

"나도 당신을 이해하고 싶어."

"당신이 잘 표현하지 않아서 당신 마음을 전부 알 수는 없지만 힘들어하는 것이 눈에 자꾸 들어와."

"아무리 힘든 일이 있어도 난 당신을 사랑하니까 믿고 기다릴게."

"당신 곁에는 사랑하는 가족이 있다는 걸 잊지 마."

"당신의 인생은 헛되지 않았어. 내가 증명할 수 있어."

"당신은 내게 가장 소중한 존재야."

남편의 문제를 자신이 직접 해결해주려고 하거나 남편을 바꿔놓으려고 하지 마세요.

남편의 우울증을 아내가 모두 감당하려고 하는 경우가 있습니다. 하지만 옳지 않습니다. 아내가 남편의 우울증이 마치 자기 잘못인 양 자책하는 경우도 있어요. '내가 더 잘해줬어야 했는데 남편이 힘든 것도 모르고 지냈다. 내가 신경 쓰지 않아서 남편이 힘들어하고 있다'라고 생각하면서요. 심지어 자기 생활을 포기하고 우울증에 걸린 남편의 치료에만 매달리는 아내도 있습니다. 애정과 정성은 충분히 알 수 있지만 그렇다고 아내가 자기 일상을 포기해서는 안 됩니다. 제때 식사하고 운동하고 친구들도 만나고 취미생활도 즐겨야 합니다. 남편이 힘

193

들 때일수록 아내는 자기의 몸 건강, 마음 건강을 더 잘 돌봐야 합니다.

아내가 '나는 남편 마음을 다 알고 있다. 남편을 완전히 이해하고 있다'고 지나치게 확신하는 것도 도움이 되지 않습니다. 우울증에 걸린 사람의 마음을 이해한다는 건 굉장히 어려운 일입니다. 정신과 의사인 저도 도통 그 속을 알 수 없거나 뿌연 안개처럼 손에 잡히지 않을 때가 많습니다. 물론 항상 옆에서 지켜보는 아내가 남편의 마음을 가장 잘 알 수도 있지만 그렇다고 전부를 안다고 확신해서는 안 됩니다. 남편은 내 마음을 나도 모르겠다고 하는데 아내가 확신에 차서 "당신은 이것 때문에 우울한 거야, 이렇게 하면 돼"라고 해버리면 자기 마음을 이해받지 못했다고 움츠러들 수도 있습니다. 설령 아내의 판단이 맞다고 해도 너무 단정적인 판단은 우울한 남편의 마음에 도움이 되지 않습니다.

남편이 힘들어하는 문제, 남편의 속마음을 아내에게 모두 털어놓으라고 해서도 안 됩니다. 자기 마음을 설명하는 일은 굉장히 어려운 작업입니다. 우울증에 걸린 사람은 더더욱 그렇습니다. 게다가 털어놓았는데 이해받지 못하면 어쩌나 하는 생각 때문에 속을 내보이는 데 겁을 냅니다. 이럴 때 다그치면 남편은 자기만의 동굴로 더 깊이 도망칩니다.

아내의 힘만으로 남편을 우울증에서 구출할 수는 없습니다. 남편의 마음을 전부 이해한다는 것도 불가능한 일입니다.

어떤 상황이 닥쳐도 그의 곁에 머물 것이라는 마음이면 충분합니다.

부부로 살면서 최고의 순간을 떠올려보세요. 지금 당장 해결되지 않는 문제라면 잠시 잊고 기억에 남겨진 인생 최고의 순간을 기억하세요. 힘든 상황에서도 이겨냈던 경험, 성취의 경험, 행복했던 시절의 경험을 적극적으로 끄집어내어 대화를 나누는 것이죠. "맞아. 그때 당신 참 멋졌어. 그때 우리 아무리 힘들어도 서로 사랑했고 또 행복했잖아"라고 말입니다.

아내 의존증에
걸린

남자들

마흔이 넘어가면 여성은 독립적·자율적이 되고 남성은 의존적으로 변합니다. 상담실에서 부부를 만나면 여성이 자기주장을 뚜렷하게 할 때가 많습니다. 남편은 혼자서 밥 차려 먹고 여가시간에 취미생활을 하면 좋겠다는 아내의 푸념을 자주 듣습니다. 의사소통조차 아내의 힘을 빌리는 남성도 있습니다. "남편은 아이들과 대화가 되지 않아요. 내가 중간에서 남편과 아이 이야기를 통역해서 전달해주어야 간신히 소통이 되는 수준이에요"라면서요.

아내가 이끌어가지 않으면 중년 남성은 자녀와 진심 어린 대화를 이어나가지 못하는 거죠. 아내 의존증이 아내를 구속하려는 형태로 나타나기도 합니다. 형욱 씨도 그랬습니다.

겉으로 드러나는 성격은 호탕하고 시원시원합니다. 키도 크고 인상도 친근합니다. 친구 많고 주변 사람도 형욱 씨를 잘 따릅니다. 게다가 아내에게 의존하기보다는 독단적으로 보일 정도로 독립적입니다. '아침밥을 저녁처럼 차려라, 국도 매일 끓여라, 집안 대소사는 이렇게 처리해라, 아이들 공부는 이런 방향으로 해라.' 일일이 아내에게 지시하고 명령합니다. 형욱 씨는 이렇게 해야 마음이 놓인다고 했습니다.

그런데 몇 가지 문제가 생겼습니다. 형욱 씨는 갑자기 건강 걱정과 죽음에 대한 공포를 느끼기 시작했습니다. 건강검진에서 별문제가 없었는데도 염려가 되었습니다. 형욱 씨의 어머니는 그가 10대가 되기 전 지병을 앓다가 돌아가셨습니다. 열다섯 살 때는 아버지도 심장마비로 갑자기 돌아가셨습니다. 가슴이 아프면 '나도 심장병으로 죽는 것 아니야?' 하며 돌아가신 아버지가 떠올랐습니다. 혈당이 조금만 올라도 당뇨를 앓던 어머니 생각이 났습니다.

아내에게는 이런 이야기를 하지 않았습니다. 스스로 철저히 관리하겠다고 생각했습니다. 아침밥도 챙겨 먹고 식단에도 신경을 썼습니다. 마흔 넘어가면서 아내에게 '현미밥을 해라, 국이 짜다, 설탕이 많이 들어갔다'며 잔소리를 더 심하게 했습니다. 순종적이던 아내는 더 이상 참지 못하고 화를 냈습니다. 그럴 때마다 형욱 씨는 더 강압적으로 아내를 몰아세웠습니다. 그런데 역정을 내서 자기 뜻대로 아내를 통제할수록 오히려 불안해졌습니다. 상담실에서 그는 솔직한 심정을 털어놓더군요.

"사실 말을 안 해서 그렇지 내가 너무 불안해요. 아내가 곁에서 없어지면 나는 어떻게 살까 하는 불안이 생겼어요. 내가 병이 나면 아내가 떠나버리지 않을까 하는 불길한 마음도 들고요. 부부싸움을 하고 나면 아내가 헤어지자고 하면 어쩌나 하고 불안감에 휩싸여요."

중년 남자의 아내 의존증은 생존본능일지도 모릅니다. 부부 사이의 정서적 관계를 통해 얻는 건강 이익은 아내보다 남편이 훨씬 더 큽니다. 외로움이 건강에 미치는 불이익은 여성보다 남성이 더 큽니다. 친밀감을 느끼면 옥시토신이 분비됩니다. 이 호르몬은 스트레스를 완화하고 혈압을 안정시킵니다. 옥시토신의 이런 혜택은 남성이 여성보다 더 많이 얻습니다.

스트레스를 완화시키는 방법 중에 가장 효과적인 것은 보살핌입니다. 보살핌을 주고받는 동안 우리 뇌에는 옥시토신이 나와서 스트레스와 긴장을 풀어주고 불안을 잠재웁니다. 스트레스가 넘쳐나는 세상에서 생존하려면 옥시토신이 절대적으로 필요합니다. 마흔 이후부터는 부부관계를 통해 얻는 옥시토신의 혜택이 남성에게 더 많이 필요해집니다.

아내와 함께 사는 남성은 혼자 사는 남성에 비해 1.7년 더 오래 삽니다. 암컷과 함께 있는 수컷 쥐는 생식 능력도 더 오래 유지되고 뇌 활성도도 더 높습니다. 이혼이나 사별 후 혼자 사는 남성은 기대수명도 짧고 심장병 발생 위험도 높습니다. 우울증과 자살 위험도도 높습니다. 아내가 먼저 사망한 남편은 불행한 삶을 살게 될 확률이 높습니다.

하지만 혼자 사는 여성은 다릅니다. 중년기 이후 여성을 대상으로 연구를 해보면 파트너와 함께 사는 여성은 혼자 사는 여성에 비해 삶의 만족도가 낮습니다. 건강도 혼자 사는 여성이 더 좋습니다. 심장병 위험도 낮고 심장에서 뇌로 가는 굵은 동맥의 혈관 건강도 혼자 사는 여성이 훨씬 좋은 것으로 나타났습니다.

나이가 들어갈수록 남성은 생존을 위해 여성에게 의지해야 하는 나약한 존재인지도 모릅니다. 아내 의존증도 생존본능의 표현인지도 모릅니다. 중년이 되면서 약해지기 시작한 남성은 심신 건강을 유지하기 위해 아내에게 매달려야 하는 것이지요. 아내와 친밀감을 나누고 손을 잡을 때 분비되는 옥시토신이 중년 남성의 활력이 저하되지 않도록 지켜주니까요. 중년 남성은 자신에게 아내 의존증이 있다는 걸 창피하게 여길 필요가 없습니다. '나 좀 지켜줘'라는 또 다른 표현이니까요. 아내는 남편이 귀찮아도 너그럽게 받아주세요. '나 좀 살려줘'라며 자신을 받아달라는 남편을 밀쳐내면 남편은 생명에 위협을 느낄지도 모르니까요.

식어버린
열정으로
배우자와
산다는
것

중년 남성 정식 씨는 우울증을 앓았던 적이 있는데 최근에 재발했습니다. "아내가 나를 제대로 돌봐주지 않습니다. 아내는 자기밖에 몰라요. 저는 외롭습니다." 그는 아내의 행동이 우울증이 재발한 원인이라고 했습니다.

그는 아내를 행복하게 해주고, 아이들에게 좋은 교육을 시켜야겠다는 일념으로 밤낮없이 일했습니다. 바쁠 때는 한 달에 두세 번밖에 집에 가지 못하고 공장에서 먹고 자며 일했습니다. 젊었을 때 고생은 말로 다 표현할 수 없을 정도였다고 했습니다. 중년이 된 지금은 살 만해졌습니다. 편하게 살아도 될 정도로 돈도 모았습니다. 정식 씨는 이제 편하게 살고 싶었습니다. 퇴근해서 가족과 식사하고 저녁에 아내 손을 잡고 산책

하며 하루를 마무리하고 싶었습니다. 그런데 아내는 그와 같은 마음이 아닌가 봅니다.

"아내는 혼자 돌아다닙니다. 교회 가고 친구 만나고 취미 생활하고. 퇴근해 집에 오면 아내가 없어요. 요즘 내가 시간이 나는데도 아내와 저녁식사를 같이 못 해요. 지금껏 일하느라 바빠서 혼자 저녁 먹고 집에도 못 들어왔는데, 이제는 여유가 생겼으니 가족과 함께 저녁 시간을 보내고 싶어요. 하지만 아내는 자기만 즐겁게 살겠다고 밖으로 도네요."

그런데 정식 씨의 아내는 다르게 이야기합니다.

"남편은 사업밖에 몰라요. 젊었을 때 일주일에 하루 집에 왔어요. 그래도 불평하지 않았어요. 열심히 일하는 남편에게 부담 주고 싶지 않아서요. 경제적으로 어렵지만 참았어요. 남편이 없어도 혼자서 애들 키우고 시댁 식구들에게도 최선을 다하며 살았지요. 남편이 일에만 전념할 수 있도록 내 인생을 희생하며 산 거죠. 젊었을 때는 내가 결혼한 사람이 맞나 의심이 들 정도였어요. 차라리 이혼한 여자가 낫겠다 싶었죠. 교회 나가고 봉사활동하면서 의미 있게 시간을 보내야 외로운 시간들을 버틸 수 있었어요. 그렇게라도 하지 않으면 살 수 없을 것 같았어요. 이렇게 하는 것이 남편과 가족을 위한 것이라 믿었죠. 그런데 이제 와서 남편은 내가 자기를 외롭게 만들었다며 화를 냅니다. 나는 지금껏 외롭지 않다고 느낀 적이 단 한 번도 없었는데도요."

이 부부의 사연을 들으면 사랑이란 항상 질 수밖에 없는 게임이라는 생각이 듭니다. 남편과 아내 둘 다 자신이 내줄 수 있는 모든 것을 상대방에게 준 것 같은데 정작 자신에게 돌아오는 것은 하나도 없다고 느끼니까요. 서로를 사랑했는데도 승자는 없고 패자만 있으니까요. 부부 문제는 어느 한 사람 때문이 아니라 잘못된 상호작용의 결과입니다. 한 사람을 단죄하는 것으로는 부부 갈등이 절대 해소되지 않습니다.

마흔이 넘어서도 결혼에 대한 환상에서 벗어나지 못한 부부를 종종 봅니다. 배우자가 자신의 숨겨진 욕구나 진심을 꿰뚫어볼 수 있어야 한다고 착각하는 남편과 아내도 심심치 않게 만납니다. 아내가 엄마이기를 바라는 남편, 남편이 아빠 역할을 해주기를 기대하는 아내도 있습니다. 배우자가 자신의 모든 욕구를 100퍼센트 만족시켜주어야 한다는 무의식적인 욕구에서 자유롭지 못한 부부도 많습니다.

이런 환상에서 벗어나지 못하면 배우자가 아무리 노력해도 항상 불만을 느낍니다. 사소한 잘못에도 상대를 비난하며 상처를 줍니다. 현실의 결혼생활은 결코 완벽할 수 없습니다. 아무런 문제가 없는 이상적인 결혼생활이란 현실에 존재하지 않습니다. 어떤 열렬한 사랑도 행복을 담보하지 못합니다. 이 사실을 받아들이지 못하면 부부는 서로에게 끊임없이 실망하고 결혼에 대한 기대를 충족시켜주지 못하는 배우자를 비난하게 됩니다. 정식 씨의 아내는 이런 말을 했습니다.

"결혼하면 외롭지 않을 거라 생각했어요. 하지만 결혼해서 살아보니 더 외로워졌어요. 나처럼 결혼생활을 오래 한 부부라면 다 그렇게 이야기할 거예요. 남편이 일에만 빠져 있을 때 저는 외로웠어요. 그땐 정말 이혼하고 싶었죠. 그런데 지금 생각해보면 결혼해서도 항상 행복하고 외롭지 않은 부부가 얼마나 될까 하는 생각이 들어요. 남편만으로는 내 마음을 채울 수 없다는 걸 깨달았죠. 그래서 혼자 교회 다니고 운동하고 사람들 만나면서 스스로 위로하는 법을 찾은 거예요."

결혼이 외로움과 불행으로부터 자신을 지켜줄 것이라고 기대해서는 안 됩니다. 사랑과 결혼을 통해서 외로움에서 벗어나려 하지만 사랑하는 사람과 함께 살아도 외로운 건 매한가지입니다. 사랑이 클수록 외로움도 커집니다. 사랑이 커질수록 결국은 서로가 완전히 다른 존재라는 것을, 결코 하나가 될 수 없다는 것을 깨닫기 때문입니다. 지금 부부생활이 행복하니까 '나는 괜찮아'라고 안심할 게 못 됩니다. 결혼은 너무나 깨지기 쉬운 제도입니다.

사랑은 오해입니다. 뜨거운 사랑일수록 오해도 깊습니다. 결혼은 오해에서 비롯된 사랑으로 이뤄집니다. 서글프게 들려도 어쩔 수 없습니다. 이게 현실이니까요. 부부 사이는 시간이 흐를수록 조금씩조금씩 멀어져야 정상입니다. 오히려 "나는 이렇게 남편을 사랑하는데 남편은 그렇지 않은 것 같아요"라며 변치 않는 사랑에 대한 믿음이 확고할수록 역설적이게도 결혼생활은 더 고달파집니다.

시간이 지나도 한결같은 사랑은 존재하지 않는데도 사랑이 변해가는 것을 받아들이지 못하니까 괴로워지는 겁니다. 주말에 부부가 서로 아무 말도 하지 않고 나란히 소파에 앉아 텔레비전만 멀뚱멀뚱 보고 있다면 아주 잘살고 있는 겁니다. 심심한 관계가 별 탈 없이 오래가는 법이니까요.

많은 부부를 만나면서 제가 내린 결론은 세상에 100쌍의 부부가 있다면, 서로 다른 100가지 형태의 결혼생활 방식이 존재한다는 것입니다. '우리 부부는 다른 부부에 비해 잘살고 있나?' 하는 비교도 아무런 의미가 없습니다. 결혼한 부부들의 실상을 속속들이 들여다보면 누가 누구보다 멋진 결혼생활을 하고 있다고 말할 수 없습니다. 행복과 불행을 합쳐보면 세상의 모든 결혼생활은 공평합니다.

너무 맥 빠지는 이야기만 하고 있다고요? 그렇게 들을 수도 있겠지만 이런 말을 하는 이유는 단 한 가지입니다. 혹시 지금 부부 사이가 좋지 않고 갈등이 있다면 배우자를 탓하기 전에 '사랑과 결혼에 대해 내가 가진 기대와 믿음은 무엇인가?'라고 자문해봐야 한다는 것입니다. 자신도 모르게 '아내라면 당연히 이 정도는 해줘야 하는 것 아니야? 부부라면 그 정도는 당연히 참아야 하는 것 아니야?'라는 믿음이 부부관계를 나쁘게 만든다는 것을 강조하고 싶어서입니다.

결혼은 청춘 로맨스 소설이 아닙니다. 열정적인 사랑의 달

콤함에 빠져 있는 젊은 시절에는 절대로 깨달을 수 없는 것이 있습니다. 결혼해서 더 처절한 외로움을 겪어본 사람, 식어버린 열정으로도 누군가와 함께 살아야 한다는 것을 진정으로 받아들일 수 있는 사람, 결혼생활의 절정과 바닥을 모두 경험해본 사람만이 결혼의 진짜 의미를 알게 됩니다. 부부간의 정과 결혼의 의미는 오랜 세월 동안 동고동락해야 깨달을 수 있습니다.

졸혼,

어떻게

준비해야

하나

　졸혼하고 싶다는 생각을 해본 적이 있나요? 우리나라 미혼 남녀의 60퍼센트가 졸혼에 찬성한다는 조사 결과를 봤는데, 결혼한 중장년을 대상으로 똑같은 조사를 한다면 거의 100퍼센트에 육박하는 수치가 나올 거라고 예상합니다. 정신과 의사로 일해온 20년 가까이 수많은 부부를 만나면서 기혼자라면 누구나 졸혼에 대한 욕망을 품고 있다는 걸 체감하게 됐습니다.

　사이가 안 좋은 부부만 졸혼하고 싶어 하는 것이 아니라 특별히 문제가 없는 부부도 '혼자 한번 살아봤으면……' 하는 바람을 품고 있었습니다. 졸혼 같은 건 생각조차 안 해봤다고 목청을 높여도 실제 생활을 들어보면 졸혼한 것과 진배없이 사는 사람도 많습니다. 배우자와 매일 으르렁대고 싸우지는 않지만 그렇다고 애절한 것도 아니고, 남편과 아내가 각자의 사생활을 존중해 서로 간섭하지 않고 심지어 무관심한데도 감정적으로 완전히 단절되지는 않은 애매한 부부관계를 정말 많이 봤습니다.

그렇다면 '졸혼하는 이유가 무엇입니까?'라고 묻기보다 '졸혼하고 싶다면서 왜 안 합니까?'라고 물어보는 것이 더 타당할 겁니다. 졸혼하고 싶어도 하지 않는(어쩌면 못 하는) 이유를 알아보는 것도 의미 있다고 생각합니다.

졸혼하고 싶어도 못 하는 가장 흔한 이유는 경제력입니다. 부부가 따로 살려면 경제적으로 여유가 있어야 합니다. 전업주부라면 자신만의 여윳돈이 어느 정도 있어야 졸혼을 감행할 수 있습니다. 남편은 졸혼해도 자식과 아내에게 경제적 지원을 계속해야 하니까 돈이 더 들 수밖에 없습니다. 돈 문제를 생각하다 보면 미우나 고우나 부부는 같이 사는 게 낫다며 졸혼 욕구를 스스로 꺾어버리게 됩니다.

남들 보기에 그럴듯한 졸혼 라이프를 즐기기 위해서도 돈이 중요합니다. 오피스텔이라도 따로 하나 갖고 있거나 시골에 텃밭 딸린 작은 집이라도 있어야 졸혼하길 잘했다고 대놓고 말하고 다닙니다. 졸혼하고 나서 삶의 질이 떨어지면 심리적으로 위축될 수밖에 없습니다.

경제적으로 조금 쪼들리더라도 졸혼해서 마음 편히 살겠다고 말하는 사람도 있겠지만 말처럼 쉬운 일이 아닙니다. 실제로 제가 만나본 졸혼 부부들은 대부분 경제적으로 어느 정도 여유가 있었습니다. 경제력이 바탕이 되니 비로소 졸혼해서 한 번 살아보자고 결심할 수 있는 것이 아닐까, 하는 생각이 들었습니다.

자기관리가 안 되면 졸혼하고 싶어도 못 합니다. 아니 해서는 안 됩니다. 요리도 어느 정도 하고 빨래나 청소도 부담 느끼지 않고 스스로 할 수 있어야 합니다. 배우자가 잔소리하지 않아도 건강 관리하고 규칙적인 생활을 유지할 수 있어야 졸혼하고 후회하지 않습니다. 혼자 외식하는 걸 무척 싫어했던 한 회사 대표는 졸혼하고 나서 동네 작은 김밥집에서 저녁을 때우는 경우가 잦아졌습니다. 고급 레스토랑에 갈 만큼 경제적 여력이 있지만 혼자 밖에서 식사를 못 하니 집에서 혼밥을 할 수밖에 없었던 거죠.

먹는 것뿐만 아니라 외모나 옷차림도 중요합니다. 피부나 체형 관리도 잘하고 몸에서 퀴퀴한 냄새가 나지 않게 살아야 초라해졌다는 소리 안 듣습니다. "나만 편하면 됐지 왜 딴 사람 눈치를 보냐!"고 억한 소리를 할 사람도 있겠지만 현실이 그렇지 않습니다. 혼자 사는데 주변 사람들까지 자신을 슬금슬금 피하면 정말 외로워집니다. 이렇게 되면 아무리 정신력이 강해도 졸혼생활을 오래 견디지 못합니다.

시골에서 텃밭을 가꾸며 졸혼생활을 하던 어떤 남성은 아내의 간섭이 없으니까 매일 소주 두 병씩 마시다가 알코올중독이 되어 딸의 손에 이끌려 병원에 왔습니다. 당뇨나 고혈압이 심해서 약도 꼬박꼬박 잘 챙겨 먹어야 하고 식단 조절도 철저히 해야 하는 사람은 졸혼하지 않는 편이 낫습니다. 졸혼해서 혼자 사는 사람은 집에서 갑자기 쓰러졌을 때 도와줄 배우자가 곁에 없는 걸 제일 두려워합니다. 이런 사람들은 졸혼하고 나면 건강에 대한 불안이 더 커집니다. 혼자 있을 때 자기도 모르게 죽음에 대한 생각이 떠올라 섬뜩하다고 합니다.

무엇보다 심리적으로 튼튼해야 합니다. 정서적으로 안정되어 있어야 합니다. 외로움을 못 견디면 졸혼하고 나서 불행해집니다. 자기만의 취미가 있고 혼자 노는 것을 즐길 수 있어야 합니다. 졸혼이라는 단어만 꺼내도 버럭 화를 내는 남편을 종종 보는데요, 혼자 남겨지는 것에 대한 두려움 때문에 자기를 방어하는 겁니다. 이런 남자가 졸혼을 하면 약속이 없거나 주말이 되면 수시로 아내가 사는 집에 찾아와서 밥 달라고 합니다. 아내는 어쩔 수 없이 남편을 받아주지만 밥만 차려주고 같이 먹지는 않습니다. 아내는 "이런 남편이 귀찮아 죽겠어요"라고 말합니다.

졸혼하고 싶다는 마음을 갖기 전에 스스로 졸혼할 만큼 준비가 되었는지 물어봐야 합니다. 초라해지지 않을 만큼 경제적인 준비를 해두었는지, 신체적으로 건강하고 자기관리에도 자신이 있는지, 무엇보다 나는 혼자 사는 외로움을 잘 견딜 수 있으며 정서적으로도 튼튼한 사람인지 말입니다. 이 모든 것이

가능해야 졸혼해도 후회하지 않습니다. 여러분은 지금 졸혼할 준비가 되어 있나요?

각방
예찬론

한 중년 여성은 각방 쓰는 이유를 이렇게 말하더군요.

"남편 코골이가 심해요. 코 고는 소리 때문에 내가 잠을 설치는 걸 알았는지, 어느 날부터 남편이 슬그머니 서재에 이불 펴고 혼자 자더군요. 하루이틀 그러다 말겠지 했는데 요즘은 으레 딴 방에서 혼자 잡니다."

남편이 딴 방에서 잔다고 해서 서운한 건 없다고 했습니다. 오히려 자신을 배려해준 남편에게 고마워했습니다. 다른 각방 부부의 사연을 들어도 배우자에 대한 배려가 느껴졌습니다.

"요즘 아내가 갱년기인지 밤마다 덥다고 이불을 걷어찹니다. 아내가 갱년기 불면증이 생기면서 나도 잠 못 이루는 밤이 늘었어요. 그래서 얼마 전부터는 나 혼자 딴 방 가서 잡니다.

가끔은 거실 소파에서 자기도 하고요."

남편은 아내를 원망하지 않습니다. 어떻게든 아내가 빨리 편히 잘 수 있으면 하고 바랍니다. 아내가 잠을 편하게 잘 수 있게 하는 방법이 있으면 좀 알려달라며 잠 못 드는 아내를 걱정합니다.

부부관계는 가까이 있고 싶다가도 서로 떨어지고자 하는 이중 욕구 사이에서 끊임없이 왔다갔다합니다. 마치 고슴도치 같아서 부둥켜안으려고 하면 그만큼의 고통을 감내해야 합니다. 부부에게는 하나가 되고자 하면서도 동시에 둘이 되려는 모순적인 힘이 작용합니다. 스웨덴의 사회학자 클라스 보렐Klas Borell은 사람이 함께하는 새로운 형태로 '함께 따로 사는 것'에 대해 말했습니다. 각방을 쓰면서도 친밀감을 잃지 않는 중년 부부가 바로 이 '함께 따로 사는 관계'를 실천하고 있는 것이라고 할 수 있겠지요.

배우자가 나와 같은 방식으로 생각하고 내가 원하는 것을 똑같이 원할 거라는 착각에 빠져서는 안 됩니다. 마흔 이후의 부부관계에서는 '단독성을 가진 존재에 대한 배려'가 반드시 필요합니다.

사람은 누군가를 사랑할 때 다른 어떤 사람이 아닌 바로 그 사람을 사랑합니다. 이 세상의 누구와도 맞바꿀 수 없는 그 사람을 사랑하는 것입니다. 동시에 내가 사랑하는 사람 역시 변하지 않는 내 모습, 다른 누구와도 비교할 수 없는 나의 개성, 누구와도 비교 불가능한 현재의 내 모습을 있는 그대로 사랑해주기를 바랍니다. 사랑은 나와 완전히 다른 누군가, 세상 누구와도 같지 않은 누군가에 대한 애정입니다. 배우자를 있는 그대로 당신과 함께 존재하게 하는 것이 진짜 사랑이고 부부애입니다. 아내가, 그리고 남편이 나와는 완전히 다른 개성을 가진 존재라는 점을 진정으로 받아들이는 것에서 배려는 시작됩니다.

어떤 관계도 완벽할 수 없습니다. 이혼이 증가하는 이유도 요즘 사람들이 이상적인 부부관계나 결혼생활에 대한 환상을 좇기 때문입니다. 죽을 때까지 변함없이 좋은 관계를 맺고 살아가는 운 좋은 부부도 있지만, 그런 경우는 오히려 매우 예외적입니다. 모든 부부는 문제를 겪고 힘든 고비를 넘겨야만 하며 배우자에게서 절대 변할 수 없을 것 같은 약점과 결점을 반드시 보게 됩니다. 이런 것들을 받아들이지 못하고 영화에나 나오는 이상적인 부부의 모습과 자신의 결혼생활을 비교하면 불행해집니다. 세상에는 완벽한 사람도 없고 완벽한 부부도 없습니다.

철학자 알랭 바디우Alain Badiou는 《사랑 예찬Eloge De L'Amour》에서 사랑을 이렇게 표현했습니다. 오랜 시간이 지나도 우리에게 깊은 울림을 줍니다.

최초의 장애물, 최초의 심각한 대립, 최초의 권태와 마주하여 사랑을 포기해버리는 것은 사랑에 대한 커다란 왜곡일 뿐이다. 진정한 사랑이란 공간과 세계와 시간이 사랑에 부과하는 장애물들을 지속적으로, 간혹은 매몰차게 극복해나가는 그런 사랑이다.

원수처럼 느껴지다가도 풀 죽은 얼굴로 어깨에 힘이 빠져 있으면 뒤에서 꼭 안아줄 수 있는 것이 부부입니다. 선수들끼리 의견 다툼이 좀 있다 해서 그 팀이 월드컵에서 우승하지 말라는 법은 없습니다. 다혈질의 브라질 선수들은 매번 문제를 일으키지만 월드컵 때마다 우승 후보입니다. 부부란 매일 싸워도 서로를 필요로 합니다. 서로의 마음이 통한다고 느낀다면 웬만한 일은 슬쩍 눈감아주는 것이 중년 부부의 사랑입니다. 진정한 친구와의 관계를 떠올려보세요. 중년 부부의 오래 묵은 사랑도 그와 다르지 않을 겁니다. 중년 부부의 사랑은 뜨거운 가슴으로 하는 것이 아니라 품어주는 마음으로 하는 것입니다.

> 관계 공부 <

부부의
대화는

달라야 한다

부부관계로 스트레스를 받아 상담실을 찾는 사람들이 많습니다. 그들은 거의 예외 없이 "통 대화가 안 돼요. 우리는 성격이 너무 안 맞아요"라고 합니다. 부부가 비슷한 성격이면 더 행복할까요? 부부의 성격이 결혼 만족도에 끼치는 영향을 조사한 연구 결과를 보면 부부 사이에 성격이 조화를 이루더라도 그것이 결혼 만족도에 기여하는 정도는 1퍼센트에 지나지 않는다고 합니다. 성격은 결혼 만족도에 결정적인 영향을 끼치지 않는다는 겁니다.

부부관계에 관한 연구에서 빠지지 않고 언급되는 연구가 있습니다. 존 가트맨John Gottman 박사의 실험인데요. 부부의 대화를 녹화해서 3분만 관찰해보면 6년 안에 헤어질지 아닐지를 예

216

측할 수 있다는 겁니다. 이 연구를 통해 이혼하는 부부에게는 특징적인 대화방식이 있다는 것이 밝혀졌습니다. 바로 비난과 멸시입니다.

부부의 대화에서 서로에 대한 비난과 멸시가 많이 포함되어 있을수록 이혼 확률도 높아집니다. 일반적으로 폭언이나 막말을 먼저 떠올리겠지만 험한 말이 아니라도 자기도 모르게 상대방에게 비난하고 멸시하는 말을 하는 경우가 많습니다. 상대를 비난하려고 한 말이 아니라고 해도 결과적으로 비난과 멸시를 느끼게 만드는 말을 자기도 모르게 쏟아내는 경우도 많죠.

"당신이 뭘 알아!" 부부 사이에 오가는 흔한 비난입니다. 이 말은 내가 옳고 당신은 틀렸다는 뜻이니까 상대에게 모멸감을 느끼게 하죠. 아무리 내 말이 옳더라도 이런 표현을 쓰면 배우자는 나를 멸시한다고 느낍니다.

배우자를 가르치려고 하는 것 또한 비난과 멸시입니다. '너는 모르잖아. 그러니까 나에게 배워야 해'라는 의미가 숨겨져 있죠. 상대의 가치를 낮춰보는 겁니다. 가르치려는 사람의 의도와 상관없이 상대방은 배우자가 자기를 낮춰본다고 생각하게 됩니다. 일일이 지시하고 가르치려 들 때마다 이혼의 가능성이 높아진다고 보면 됩니다.

소통이 되었느냐 아니냐는 말하는 당사자가 아니라 듣는 상대에 의해 결정됩니다. 상대가 나와 대화한 후 이해받았다고 느꼈을 때 비로소 소통이 된 것입니다. 상대를 설득하려는 것은 소통이 아니라 폭력일 수 있다는 걸 잊지 말길 바랍니다. 자기 생각을 받아들이라고 강요하는 것은 어떤 식으로든 폭력적인 행동입니다.

"당신은 너무 이기적이야. 성격 고쳐야 해."

이런 말도 부부관계를 해치는 결정적인 말입니다. 성격은 고치기 어려울뿐더러 성격에 대한 비난은 상대를 있는 그대로 존중하지 않겠다는 말과 같습니다. 저 말은 한마디로 '너라는 존재가 못마땅하다'라는 표현입니다.

"당신이 그렇게 하자고 했잖아. 당신이 그렇게 하자면서!"

배우자에게 책임을 떠넘기고 자신에게는 책임이 없다고 회피하는 말입니다. 회피와 합리화를 두고 자기방어라고 강변하는 사람도 있겠지만 사실 회피와 합리화는 배우자에 대한 비난입니다. '나를 힘들게 만드는 건 결국 당신이야'라는 뜻이 숨겨져 있기 때문이지요.

결혼 만족도를 높이기는 위해서는 대화할 때 5:1 법칙을 따르면 좋습니다. 부부 사이에 하는 말 중에서 긍정적인 말과 부정적인 말을 5:1의 비율로 하면 배우자에 대한 만족도가 높아집니다. 혹시라도 부부 사이에 부정적인 말이 오갔다면 그것을 상쇄하기 위해서는 긍정적인 말을 다섯 배 더 많이 해야 합니다. 그래야 부부관계가 긍정적으로 유지될 수 있습니다. 긍정적인 말과 부정적인 말이 1:1이 아니라는 점을 명심해야 합니다.

함부로
힘내라고

하지
마라

　　대화는 언제나 어렵습니다. 상대의 기분을 살펴가며 '지금 무슨 말을 해야 하나'를 순간순간 판단해야 하니 대화는 자동차를 운전해 꼬부랑 고갯길을 올라가는 것과 비슷합니다. 이 말 저 말 쉽게 내뱉으면 대화는 끊어지고 사고 나기 십상입니다. 무엇보다 누구와 대화하느냐에 따라 그 까다로움의 정도가 달라지는데, 제일 버거운 대화 상대는 뭐니 뭐니 해도 사춘기 청소년 자녀입니다. 말하는 강도를 권투로 치면 자녀가 헤비급, 부모가 라이트급 정도 될 겁니다.

　　정신과 의사인 저도 마찬가지로 어렵습니다. 사춘기 딸이 가끔은 버릇없이 구는 것 같아 따끔하게 야단을 쳐야겠다 싶다가도 하루 종일 얼마나 공부에 시달렸기에 저렇게 예민해졌나 싫어 그냥 참고 넘어갈 때가 많습니다. 잠도 푹 자고 자기가 좋아하는 책도 읽고 나면 딸은 기분이 좋아져서 "아빠 그런데 말이지……" 하며 유쾌하게 재잘댑니다.

이럴 때 보면 사춘기가 무서운 게 아니라 공부에 지쳐서 자기도 모르게 짜증 부리는 것이구나 싶어 안쓰럽습니다. 어른도 일에 시달리면 날카롭게 변하기 마련인데 공부에 짓눌린 청소년은 오죽하겠습니까. 따지고 보면 중학교 2학년이 세상에서 제일 무섭다는 말이 나온 것도 이 무렵부터 어른들이 만들어놓은 공부의 틀 안으로 아이들을 본격적으로 밀어넣기 때문일 겁니다.

공부 때문에 스트레스받고 우울한 자녀를 어떤 말로 위로해주면 좋을까요? 공부가 힘들다는 딸에게 "그깟 공부 중요하지 않아"라고 하면 마음이 편해질까요? 그렇지 않습니다. 공부 욕심이 있는 자녀라면 더 잘하고 싶은 마음을 부모가 몰라준다며 서운하게 여깁니다. 그렇다고 반대로 "힘들어도 더 열심히 해봐. 넌 잘할 수 있어"라고 하면 응원으로 받아들일까요? 긍정적인 마음을 불어넣으려고 한 말이 오히려 마음을 무겁게 만들 공산이 큽니다. 그렇잖아도 지치고 힘든데 더 잘하라고 하니 자녀 입장에서는 더 큰 압박으로 느껴질 수도 있습니다.

공부에 지친 자녀를 위로할 때 다음 순서를 지키면 좋겠습니다.

스트레스받고 우울한 사람은 다른 사람이 자기 마음을 있는 그대로 받아주길 원합니다. 그러니 대화의 출발은 상대의 솔직한 감정을 언어로 정확하게 표현해주는 것입니다. 상담할 때도 마찬가지입니다. 다른 사람의 마음을 언어로 대신 묘사해주는 것 자체가 치료의 효과를 줍니다. 상대가 그 감정을 갖게 된 이유와 결과를 판단하거나 유추하지 않고 있는 그대로 읽어주는 것이 중요합니다. 괴로워하는 사람에게 위로해주려 한 말이 오히려 부담을 주거나 상처가 되는 것도 이 첫 번째 단계 없이 곧바로 "힘내라, 별것 아니야, 넌 할 수 있어"라며 해결책을 성급하게 제시하기 때문입니다.

사람들은 누구나 자기감정을 있는 그대로 인정받기를 바랍니다. 왜 그렇게 느끼는지 무엇 때문에 괴로운지에 대한 분석은 그다음에 하길 원합니다. 고통에서 벗어나기 위한 방법을 급하게 듣고 싶어 하지 않습니다. 원하더라도 인정의 단계를 지나서 나중에 듣고 싶어 합니다.

학업 스트레스를 받는 자녀는 "그래, 네가 공부하느라 많이 힘들구나"라는 말을 첫 번째로 듣고 싶어 할 겁니다. 그다음이 "네가 무엇 때문에 괴로운지 조금 더 자세하게 말해줄래?"입니다. 마지막으로 "아빠 생각에는 이렇게 해보면 좋을 것 같아"라고 조언해볼 수 있겠죠. 자녀가 지금 경험하는 고통이 무슨 의미인지 해석하려는 시도는 가장 마지막 단계에 오면 좋습니다. 쉽게 말해 "학창 시절에 공부하느라 괴로워도 시간이 지나고 나면 그게 너를 성장시켰다는 걸 깨닫게 될 거야"라는 의미 부여는 맨 마지막에 해야 한다는 뜻입니다. 이런 말부터 먼저 꺼내면 '꼰대' 소리부터 들을 겁니다.

아무리 위로하려고 해도 잘되지 않을 때도 있습니다. 대화의 순서나 표현이 서툴러서 그런 것이 아니라, 겉으로 드러난 말과 마음속 진심이 일치하지 않기 때문입니다. "나는 자식에게 공부를 강요하지 않아요. 좋은 대학 가야 한다고 압박하지도 않아요"라고 해놓고 본심은 '내 아이가 공부를 더 잘했으면 좋겠다. 명문대에 진학하면 좋겠다'라면, 어떤 말로 포장해도 결국엔 본심이 반드시 자녀에게 전달되기 마련입니다.

저도 가끔 딸에게 "공부 잘하는 것보다 네가 진정으로 하고 싶은 일을 찾으면 좋겠어"라고 녹음기 틀어놓은 것처럼 말합니다. 하지만 딸이 좋은 성적 받아왔을 때 기분이 좋아지는 걸 보면서 공부를 잘하면 좋겠다는 욕심이 내 안에 있다는 걸 깨닫게 됩니다. 이럴 때는 부모부터 자기 마음을 제대로 들여다봐야 합니다. '혹시 내 욕심이 아이와의 대화를 가로막고 있는 건 아닌가?' 하고 말입니다.

듣는
사람이
해야 할
일

저는 하루 종일 다른 사람의 이야기를 듣습니다. 타인의 생각을 듣고 감정을 보려고 애쓰고 그 속에 숨겨진 의미를 발굴합니다. 진단하고 약도 처방하지만 일하는 시간의 대부분을 듣는 데 씁니다. 하루 종일 앉아서 남의 이야기를 듣고 돈을 버니 참 편한 직업이라고 여길 수도 있겠지만 나름 꽤 힘든 일입니다. 제 일이라고 과장해서 표현하는 게 아닙니다.

귀로 듣는 이야기를 눈에 보이는 것처럼 머릿속에서 재구성하려면 온몸의 신경을 귀로 모아야 합니다. 볼 수 없는 마음을 보려고 애쓰는 것도 어려운 일이지만 그 이면에 담긴 의미를 찾는 건 더 어렵습니다. 웬만한 육체노동보다 에너지 소모가 큽니다. 의미를 '발굴한다'고 표현한 것도 땅을 파고 들어가

> 관계 공부 <

원석을 캐내는 일만큼 고되기 때문입니다. '힘들어요. 괴로워요. 우울해요, 절망적이에요'라는 감정적 호소가 담긴 이야기를 듣다가 주의를 잠깐이라도 놓치면 허투루 듣는다는 느낌이 전해져서 환자를 더 아프게 할 수 있으니까 조심해야 합니다.

대학병원 정신과에서 오랫동안 진료를 받다가 친구의 소개로 저를 찾아온 여성 내담자가 있었습니다. 공황장애를 앓고 있었는데 처방약을 꾸준히 먹고 있는데도 최근 들어 증상이 악화되었습니다. 불안하다고 하소연하면 주치의는 마음을 내려놓지 않아서 그런 거라고 하니 더 이상 말을 이어갈 수가 없었습니다. 약만 조정해줄 뿐 짧은 진료 시간에 자기 이야기를 제대로 들어주지 않았다고 하더군요. 답답한 마음을 안고 찾아온 그녀는 그동안 풀어놓지 못한 사연을 들려주었습니다.

암 수술을 받고 항암제까지 복용하는 중에도 해외를 오가며 유학 중인 아들을 뒷바라지했는데, 자신의 기대와는 어긋나는 아들을 지켜보며 좌절감과 상실감을 느꼈다고 했습니다. 한참 동안 이야기를 듣고 난 뒤에 나는 그녀가 대학병원에서 받았던 것과 똑같은 약을 처방해주었습니다. 일주일 후에 다시 찾아온 그녀는 "선생님이 주신 약이 효과가 좋았어요. 지난 일주일은 무척 편했어요. 남편도 내 표정이 밝아져서 좋대요"라고 했습니다. 처방을 바꾼 것도 아니고 용량을 늘린 것도 아니라고 했더니 "실컷 털어놓고 나니 마음이 가벼워져서 좋아졌나 봐요"라고 하더군요.

잘 듣는다는 건 어떤 걸까요? 듣기의 힘은 어떻게 발휘되는 걸까요? 실은 아주 단순하고 간단합니다.

누군가 내 말을 귀 기울여 듣고 있다는 경험 자체가 치유입니다. 진지하게 듣는 것만 잘해도 문제의 절반은 해결된 거나 마찬가지입니다. 상담 훈련에서 내담자가 한 말을 그대로 따라 하거나 요약해서 들려주는 연습을 하는 것도 바로 이런 이유입니다. 앵무새처럼 기계적으로 자기가 했던 말을 듣는 것이 아니라, 자신의 입을 떠난 말이 메아리처럼 증폭되어 되돌아오는 경험을 하는 겁니다. 이것을 가능하게 해주는 것이 바로 듣기의 힘입니다.

어렵지 않습니다. 말한 이의 감정을 헤아리고 그 안에 담긴 의미를 확인해주면 됩니다. 상대가 "그동안 애쓰며 살아왔던 내 인생이 무의미하게 느껴져요"라고 했을 때 "왜 그렇게 생각하세요?"라고 바로 되묻거나 "그런 마음 갖지 마세요"라고 쉽게 위로하는 것보다 "당신의 노력이 헛수고가 될까 봐 불안한 거군요"라고 공감해주는 것이지요. 친구나 부부 사이의 대화도 마찬가지입니다. 섣부른 해결책을 제시하기보다는 상대의 감정을 들으려고 노력하는 자세 그 자체가 중요합니다.

인간이 겪는 불행을 말로 설명한다는 것은 무척 어려운 일입니다. 보편화할 수 없는 개인의 은밀한 사연들은 언어를 거부하는 속성이 있습니다. 이것이 불행을 겪고 있는 사람을 더 아프게 합니다. 이런 사람에게 겪은 일에 대해 상세히 말해보

라고 하거나 정확히 무엇 때문에 힘든 거냐고 다그치면 상처는 덧날 수밖에 없습니다. 말 하나하나에 의미를 부여하고 일일이 반응하려 드는 것은 좋은 경청이 아닙니다. 상대의 말을 완전히 이해할 수 없더라도 바로 따져 묻지 말고 일단 들어주는 것이 먼저입니다.

'당신의 마음을 듣고 싶어요'라는 바람을 간직한 채 침묵하며 기다리기, 표현하기 어려운 진심이 드러나도록 시간을 주며 기다리기 등 진정한 듣기의 힘은 기다림 속에서 발휘됩니다. 내 이야기를 듣기 위해 곁에서 기다리는 사람이 존재한다는 확신은 힘든 고난을 견디게 하는 버팀목이 되어줍니다. 듣기는 사람의 인생을 지탱하는 힘이라고 해도 과언이 아닙니다.

또
술이냐고
묻는다면

알코올 의존이 의심되어 절대 금주가 필요한데도 술을 완전히 끊고 싶지 않다고 합니다. 간경화 초기이니 술을 끊으라고 의사에게 야단을 맞아도 술이라도 안 마시면 무슨 재미로 사느냐고 합니다. 금주하면 친구 잃는다며, 술이 좋아서가 아니라 친구관계를 유지하기 위해서 어쩔 수 없이 마셔야 한다고 합니다. "내가 좋아서 마시는 게 아니라 회사에서 안 잘리려고 어쩔 수 없이 마시는 겁니다"라며 의사에게 역정을 내기도 합니다. "건강을 위해 술 줄일게요"라고 말하면서도 얼굴로는 '내가 알아서 할게요'라는 표정을 짓습니다.

잠이 오지 않아서 한잔, 사는 게 허무해서 한잔, 가족이 모두 잠든 후에 감성이 솟구쳐 한잔……. 이렇게 마시다 보면 술은 습관이 됩니다. 자존심 구겨가며 돈 버느라 고생한 자신에게 주는 상이라고 하면서요. 또는 도저히 화를 진정시킬 수 없어서 술로 뇌를 마비시켜야 한다고 하면서요. 맨정신으로 집에 들어가는 것이 싫어서 폭주하고 빨리 취해서 귀가한다는 사람도 봤습니다.

위장에 구멍이 나도 술을 마셔야 한다는 사람들에게 "건강을 위해 술을 끊으셔야 합니다"라고 했을 때 '그래, 맞아! 오늘부터 무조건 술 끊어야지' 하고 굳게 결심하는 대한민국 중년이 과연 얼마나 될까요?

술을 끊으면 건강에 이롭다는 것은 누구나 다 압니다. 하지만 상사 비위 맞추고 친구들과 어울리기 위해서는 술이 필요합니다. 스트레스 푸는 데 술만한 게 어디 있느냐고 하는 사람도 많죠. 아무리 알코올성 치매가 걱정되어도 불안한 마음이 술 한 잔에 날아가는 걸 생각하면 도무지 끊기가 쉽지 않습니다.

술을 끊지 못하는 사람들에게 의지가 약하다고, 가족을 사랑하지 않으니까 못 끊는 것 아니냐고, 마흔이 넘어서 그거 하나 못 끊느냐고, 나이 들었으면 제발 정신 좀 차리라고 함부로 비난할 수만은 없는 노릇입니다. 겉으로는 알 수 없는 그 사람만의 고민, 말로 표현할 수 없는 이유가 분명히 있게 마련이니까요.

그렇다고 해서 음주를 무조건 옹호하는 것은 아닙니다. 건강을 위해 반드시 술을 끊어야 하는 사람에게 면죄부를 주고

229

싶은 마음도 없습니다. 알코올의존증이 있거나 간 기능에 문제가 있다면 금주는 반드시 필요합니다. 다만 젊을 때만큼 건강이 받쳐주지 않는데도 술을 못 끊는 중년들의 서글픈 속마음도 조금이나마 이해해주어야 한다는 겁니다.

인간은 타인에게 사랑을 줄 수는 있어도 생각을 줄 수는 없습니다. 아무리 옳은 말을 해줘도 상대는 그 말을 듣고 행동을 바꾸지 않습니다. 누가 봐도 옳은 말은 굳이 내가 말하지 않아도 모두가 알고 있습니다. 그래서 사람의 행동을 바꾸는 데는 별 도움이 되지 못합니다.

게다가 사람에게는 일명 '청개구리 심보'라는 것이 있어서 아무리 옳은 생각이라도 자꾸 강요하면 오히려 반발심을 갖게 됩니다. 전문 용어로 '심리적 역반응 이론psychological reactance theory'이라고 합니다. 이 이론에 따르면 개인의 자유가 침해되고 도전받는다고 느낄 경우, 사람은 나쁜 행동을 더 하게 되거나 나쁜 행동 자체에 매력을 더 크게 느낍니다. 그러니 "술 좀 끊어!"라고 잔소리를 할수록 상대는 술을 더 마시고 싶을 거라는 뜻입니다.

생각이 아닌 사랑을 주는 것은 다릅니다. 사랑은 줄수록 사람을 긍정적으로 변화시킵니다. 자신에게 사랑을 주는 사람에 대한 호감도가 높아지면서 사랑을 주는 사람의 말과 행동을 따르고자 하는 욕구도 커집니다. 더 많은 사랑을 받고 싶기 때문이지요. 관심을 가지고 상대를 진정으로 이해하고자 하는 마음이 전달되면 상대는 점차 긍정적으로 변합니다. 사람을 변하게 만드는 것은 옳은 말이 아니라 사랑입니다.

　　남편이 술을 많이 마셔서 걱정되나요? 아내가 외롭다고 밤에 혼자서 소주 마시는 모습을 보고 충격을 받았나요? 간기능 검사 수치가 올랐다고 의사가 그렇게 야단쳤는데도 술을 못 끊는 가족이 있나요? 그렇다면 그들을 더 사랑해주세요. 꼭 껴안아주세요. "많이 힘들지?" 하고 손을 잡아주세요. 최선은 사랑을 주는 것뿐입니다.

나는
얼마나
솔직한
사람인가

"무엇 때문에 스트레스받으세요?"라고 물으면 대부분 인간관계에서 비롯된 스트레스가 가장 흔하고 가장 괴롭고 해결도 가장 어렵다고 합니다. 인간관계 스트레스의 근원은 솔직하지 않다는 데에 있습니다. 솔직하다는 것은 아래 세 가지를 포함합니다.

(1) 자신의 생각이나 감정을 얼마나 솔직하게 인정하고 받아들이는가?
(2) 이것을 얼마나 솔직하게 표현하는가?
(3) 다른 사람을 있는 그대로 솔직하게 인식하는가?

남편 때문에 속상하고 아이들 신경 쓰느라 몹시 힘들어하는 기색이 보이는데도 "괜찮아요. 이런 것 가지고 스트레스받거나 하지는 않아요"라고 말하는 사람은 솔직하지 않은 것이죠. 누가 봐도 힘든 것은 힘든 것이 맞습니다. 남편이나 아이들이 힘든 자신을 이해해주고 고마워해주기를 바라는 게 당연한데도 "남편이 바쁘니까 그럴 수도 있지요"라며 아무렇지도 않은 척하는 것은 자신에게 솔직하지 못한 것이죠. 자기감정에 솔직하지 않으면 스트레스가 쌓이고 살맛도 나지 않지 않습니다. 어느 순간부터는 내 마음도 몰라주는 상황에 화가 납니다. 자신이 무엇을 느끼는지, 진정으로 원하는 게 무엇인지 마음의 소리에 귀 기울여야 합니다.

솔직하게 표현하지 않고 알듯 말듯 돌려 말하는 것도 솔직하지 못한 겁니다. 자기 마음을 솔직하게 표현해서 상대가 그것을 알도록 해야 합니다. 정서적 어휘로 표현하는 연습을 꾸준히 해보세요. 화가 난다고 소리를 지르는 것이 아니라 "당신이 ○○라고 이야기해서 나는 서운하다"라고 표현하는 법을 익혀야 합니다.

자기감정뿐만 아니라 타인의 마음도 있는 그대로 받아들일 수 있어야 합니다. 내 생각, 내 감정 때문에 상대의 마음을 왜곡하기 쉽습니다. 그래서 타인의 생각과 말을 솔직하게 받아들이지 못하죠. '과연 나는 사실을 객관적으로 보고 있을까?' '나는 상대방의 생각이나 감정을 정확하게 인식하고 있을까?'

매 순간 자기를 돌아봐야 합니다. 스트레스를 주는 사람이 있다면 편견을 지우고 다르게 생각해봐야 합니다. '합리적이고 예의 바른 사람이 왜 이렇게 행동할까?'라고 생각해보세요. 상대를 나쁜 사람, 문제가 있는 사람이라고 단정하지 않고 나와 동등한 입장에서 그의 마음을 이해할 수 있게 됩니다.

갈등은
푸는 것이
아니라

품고 가는
것

어떻게 보면 무척 수동적이라고 생각할 수 있지만 갈등은 있는 그대로 내버려두는 것이 좋은 대처법 중 하나라고 믿습니다. 갈등을 해소하기 위해 적극적으로 노력하는 것이 중요하긴 한데 현실에서는 별다른 효과를 보지 못하는 경우가 많습니다. 부부 문제, 직장 상사와의 갈등, 연인과의 불화로 고통받는 이들을 상담하면서 '갈등이란 푸는 것이 아니라 품고 가는 것'이라는 생각을 하게 되었습니다. 불안과 우울에 시달릴 정도의 갈등이라면 대체로 쉽게 해결책을 찾을 수 없거나 답을 알아도 실천할 수 없는 경우가 대부분입니다. 풀릴 수 없다는 것을 받아들이지 못하고 그릇된 방법으로 풀려다가 더 꼬이기도 합니다.

이럴 땐 시간의 흐름에 맡기고 자연스럽게 바로잡아지기를 기다리는 게 낫습니다. 우리는 살면서 끊임없이 모험과 규율, 악덕과 미덕, 자유와 안정 사이에서 갈등합니다. 이런 대립과 갈등은 삶을 구성하는 대극對極이고 영원히 해소되지 않죠. 우리는 이러한 갈등과 대립을 지각하고 모두 포용하는 쪽으로 살아야 합니다.

옳은 말로 타인을 변화시키려고 밀어붙이지 마세요. 언어와 논리로 타인을 장악하려는 욕심은 버리는 게 좋습니다. 설득하려고 목소리를 높일수록 내 생각은 타인의 마음에서 튕겨 나가니까요. 내가 옳다는 믿음으로 상대를 변화시키려고 하면 타인은 자신의 신념을 지키려고 방어 편향defensive bias을 더욱 강화합니다. 자기 신념에 동조하는 정보는 받아들이고 그렇지 않은 건 무시해버리는 것입니다.

개인이 가진 뿌리 깊은 생각을 변화시키는 건 불가능에 가깝습니다. 그 생각이 잘못된 것처럼 보여도 왜 그렇게 생각하게 됐는지 거슬러 올라가면 나름의 이유와 합리성이 있게 마련입니다. 그러니 누군가가 그것을 바꾸려고 덤벼든다면 어떨까요? 오히려 저항하며 자기 신념에 따른 행동을 더 많이 합니다. 심리적 역반응이 일어나고 불화는 오히려 더 커집니다.

'갈등을 해소하고 마음을 하나로 모으자'는 구호는 듣기엔 좋아도 실현될 수는 없습니다. 사람마다 원하는 것이 다르고 성격도 다르고 가치관도 다르고 생활방식도 다른데 어떻게 생각이 하나로 모아지겠습니까. 갈등이 없다면 세상은 마찰 없이 돌아가는 기계 시스템과 다를 바 없습니다. 사회는 삐걱거리고 어긋날 때도 있지만 이런 불협화음을 통해 진화합니다.

갈등은 해롭고 무조건 없애야 하는 것이라는 생각은 오류입니다. 갈등은 나쁜 것이 아니라 감탄의 원천입니다. 우리는 갈등을 겪고서야 그동안 알지 못했던 사람과 세상의 이면에 대해 호기심을 갖게 됩니다. 아무런 충돌이 없다면 좁디좁은 인식으로 타인을 한정하며 그 틀로만 세상을 보게 됩니다. 충돌이 생기고 감정이 요동치면 그제야 "어, 이게 뭐지?" 하며 타인을 낯설게 인식합니다.

관계가 매끄럽게만 흐르면 새로운 관점과 인식은 생기지 못하고 타인을 더 깊이 이해하려는 마음도 생기지 않습니다. 성가시고 괴로워서 화도 나겠지만 갈등이 생길 때 '저 사람은 왜 저렇게 행동하지? 무슨 심리로 저런 말을 하지?'라며 의문을 품게 되고 이것이 인생에 대한 통찰로 이어집니다.

기업에서 강의할 때 가족 같은 팀을 만들자고 외치는 팀장이 있으면 절대 그러지 말라고 합니다. 협력하는 분위기를 만들자는 좋은 취지겠지만 동시에 서로 친하니까 이 정도는 참고 견디라는 통제 욕구를 가족이라는 구호 아래 정당화시키려는 뜻도 있기 때문입니다. 팀원이 서로 반목하지 않고 친한 것도 좋지만 개인의 바운더리를 지켜주는 것이 먼저입니다. 누군가에게는 야근해서 인사고과를 잘 받는 것보다 가족과 함께하는

237

저녁식사 시간이 더 소중할 수 있고, 퇴근 후에 동료들과 어울리며 친목을 다지는 것보다 혼밥할 수 있는 자유가 더 중요할 수도 있으니까요.

타인에게 자신의 가치관을 강요하지 않고 내 기준으로 타인을 평가하지 않으며 개인을 길들이거나 통제하지 않으려는 분위기가 조성돼야 그나마 갈등이 조금이라도 줄어듭니다. 누구나 한계와 약점이 있다는 것을 인정하고 각자 자기 삶에 만족하면 사람은 저절로 부드러워집니다. 타인을 있는 그대로 존중하고 나의 행동방식을 타인에게 강요하지 않으며 각자의 개성을 드러낼 수 있도록 심리적 거리를 지켜주어야 합니다. 팍팍한 현실에서도 타인에 대한 상냥함을 잃지 않기 위해 우리가 지켜야 할 원칙은 바로 이런 겁니다.

용서하지
못하는
괴로움

　사는 동안 사람 때문에 상처 입고 더러는 죽이고 싶을 만큼 사람을 미워했던 경험을 해보지 않은 사람이 과연 몇이나 될까요? 특히 40대, 50대라면 사람 때문에 마음 아파보지 않은 사람은 한 명도 없을 겁니다. 그리고 시간이 지났지만 여전히 용서할 수 없는 누군가를 향해 마음속에 분노를 하나둘쯤 갖고 살게 마련이지요.

　멀리 볼 것도 없습니다. 배우자에 대해 용서할 수 없는 기억을 품고도 이혼하지 않고 사는 중년 부부도 많습니다. 시간이 꽤 흘렀는데도 남편의 외도를 잊을 수 없고 그것만 생각하면 잠이 오지 않는다는 중년 여성이 있는가 하면, 자신은 처자식을 위해 돈도 제대로 못 쓰고 정신없이 일만 했는데 아내는 바람을 피우는 것도 모자라 애인에게 수천만 원짜리 시계까지 선물했다며 그런 아내를 죽이고 싶다는 중년 남성도 있습니다.

지금은 그럭저럭 큰 문제 없이 살지만 아직도 그 일만큼은 용서할 수 없다고 늘 가슴에 칼을 품고 사는 부부도 많습니다. 믿었던 직원이 돈을 횡령했다며 흥분을 감추지 못하는 중년의 회사 대표의 경우는 다행이라고 생각될 정도입니다. 자기가 부정을 저지르고도 그것을 문제 삼는 즉시 회사 비리를 검찰에 고발하겠다고 협박하는 직원 때문에 큰 상처를 입은 회사 대표도 있습니다. 평생 시부모님 모시고 살면서 달마다 찾아오는 종갓집 제사를 꼬박꼬박 다 지내고도 정작 시부모님 돌아가실 때는 유산 한 푼 못 받았다는 여성도 있습니다.

사람 때문에 상처받고 고통받아야 했던 사례들을 들으면서 '인간의 영혼이란 죽을 때까지 싸움을 멈출 수 없는 성난 난봉꾼이 아닐까'라는 생각을 했습니다. 마흔이 넘으면 어쩔 수 없이 배신당하고 상처 입는 일을 겪을 수밖에 없다는 생각도 들었습니다. '인간은 태생적으로 사람에게 상처 주는 방법을 엄청나게 많이 아는 것이 아닐까'라는 암울한 결론이 떠오르기도 했습니다.

용서하며 살아가야 한다고들 말합니다. 용서하지 않으면 인생의 행복도 가질 수 없다고 합니다. 무조건 용서하라고 합니다. 그러나 실제 생활에서는 용서하기 어렵거나 도저히 용서해줄 수 없는 일을 겪습니다. 그래서 "나는 피해자고 마음이 너무 아팠는데 무조건 용서해야 합니까?"라고 항변하듯 물어옵니다.

용서란 본디 어려운 법입니다. 아니, 용서는 불가능합니다. 용서는 인간이 하는 것이 아닙니다. 우리는 누군가를 용서해줄 자격조차 없습니다. 인간은 불완전하고 많은 흠결을 갖고 있습니다. 알게 모르게 많은 죄를 저지르고 살아갑니다. 그렇기 때문에 한 인간이 다른 누군가를 벌하거나 꾸짖을 수 없습니다. 사람은 누구도 "내가 당신을 용서하겠어!"라고 말할 수 없습니다.

인간이 용서할 수 있는 대상은 자기 자신뿐입니다. 다른 사람을 용서한다는 것은 인간의 영역 밖에 있는, 아무런 흠결도 갖고 있지 않은 존재만이 할 수 있는 일입니다. 인간이 다른 인간을 용서할 수 있다는 자기애적 착각에서 벗어나야 비로소 분노를 멈출 수 있습니다.

이것을 타인을 용서하지 말라는 의미로 오해해서는 곤란합니다. 누군가를 억지로 용서하려는 마음의 감옥에 갇혀 있거나 용서하는 마음이 생기지 않는 자신을 탓하는 일은 그만두라는 뜻입니다. 억지로 용서하려고 생의 에너지를 낭비하지 말고, 미움 때문에 마음이 요동치게 내버려두지 말고, 매 순간 주어진 삶에 최선을 다하는 것이 더 중요합니다.

> 관계 공부 <

사랑을
확인하고
싶다면

　　40대 후반의 윤택 씨는 한국에서 10년간 직장생활을 하다
가 자기 사업을 시작한 사업가로, 지금은 외국에도 지사가 여
럿 있을 정도로 성공했습니다. 현재 아내와 자녀는 홍콩에서
생활하고 있는데 딸이 다니는 외국인학교의 학비가 미국 사립
대학보다 많이 들고 취미생활로 승마와 요트를 즐긴다고 하는
것으로 보아 큰 부를 축적한 듯 보였습니다. 그런데 윤택 씨는
요즘 들어 자꾸 우울하다고 합니다. 잠이 오지 않는 날이 많고
허무함이 밀려든다고 합니다.

　　그는 인생에서 가장 소중한 가치가 인간에 대한 사랑이라
고 했습니다. 정확히는 휴머니즘이라고 합니다. 그런데 요즘은
인생에서 그 사랑이 사라진 것 같다며 괴로워합니다. 아내는

외국 생활을 즐기면서 자기만의 시간을 보낼 때가 많고 하나뿐인 딸은 자신과 대화도 잘 하지 않습니다.

"한국에 오기 위해 새벽에 일어나 짐을 싸고 있었는데 아내가 시끄럽다며 화를 내더군요. 딸이 자고 있는데 괜히 소리 내서 깨우지 말라고요. 처량한 느낌이 들었습니다. 나는 사랑이 제일 중요한 사람이에요. 사업도 성공하고 돈도 많이 벌었지만 내 삶에 사랑은 없어요."

중년의 사랑은 가족을 향합니다. 기혼자라면 더욱 사랑의 유일한 대상이 가족일 수밖에 없습니다. 가족과 함께 있으면서 불행하다고 느끼는 것만큼 처절한 고통도 없을 겁니다. 비단 윤택 씨만 그런 것이 아닙니다. 인도의 영웅인 간디도 자식과는 평생을 의절하고 살았다고 하고 발명왕 에디슨의 아내는 자살로 생을 마감했다고 하니 위인이라고 해서 가정생활까지 평안한 건 아닌가 봅니다.

"나는 그 사람을 있는 힘껏 사랑했는데 왜 행복하지 않은 겁니까!"라고 힘들어하는 사람도 있습니다. 이런 말을 하는 사람은 사랑의 본질을 모르고 있을 가능성이 큽니다. 열렬하게 사랑하면 행복할 것으로 기대하는 사람은, 상대와 내가 완전한 하나가 되어 큰 일체감을 맛보는 것이 진짜 사랑이라고 착각하는 겁니다.

이런 사람은 사랑하는 사람이 나의 모든 것을 알아주고 나만을 위해 살아가기를 바랍니다.

이런 기대를 가진 채 사랑을 하면 상대가 무엇을 원하는지 깨닫기보다 자신이 무엇을 좋아하는지에만 몰두할 가능성이 큽니다. 그래서 철학자 앙드레 브르통André Breton은 사랑은 자신에 대해 알려주는 누군가를 만나는 것이라고 했지요.

사랑하면 몹시 아프다며 괴로워하는 사람도 있습니다. 사실입니다. 사랑하는 만큼 분명 상처받는 일도 많이 생깁니다. 사랑하는 마음이 깊을수록 사랑을 잃을 때의 상처도 클 수밖에 없습니다. 사랑하는 사람이 많을 때는 사랑하는 사람의 숫자만큼 아파해야 합니다. 사랑에는 노력이 필요한데 여러 사람을 사랑한다면 그만큼 노력이 많이 들어가므로 하루도 편할 수가 없습니다. 신경 써야 할 것도 많아지고 고민해야 할 것도 늘어납니다.

그래도 사랑해야 합니다. 인생에서 가장 큰 비극은 진정한 사랑을 한 번도 경험하지 못하는 것이니까요. 플라톤은 "사랑에서 시작하지 않는 자는 철학이 무엇인지 결코 깨닫지 못할 것이다"라고 했는데, 이것을 '사랑에서 시작하지 않는 자는 인생이 무엇인지 결코 깨닫지 못할 것이다'라고 바꾸어 말해도 틀리지 않습니다. 사랑 없는 인생은 없습니다.

미워도 사랑해야 합니다. "마누라가 너무 밉습니다. 어떻게 내 마음을 이렇게 몰라줄 수가 있습니까!"라고 말하는 중년 남성도 있고 "남편은 남보다 못해요. 그냥 한 지붕 아래 같이 사는 하숙생일 뿐이에요"라고 하는 중년 여성도 있습니다.

이렇게까지 말하는 데는 그만한 속사정이 있다는 걸 알지만 그럼에도 저는 상담 끝에 이렇게 말합니다. "미워도 손잡고 주무세요." 어차피 사람은 혼자 살 수도 없고, 혼자 살면 일찍 죽습니다.

이성적으로는 아무리 미운 남편, 아내라 하더라도 육체적으로 더 가까워지면 우리 뇌가 서로를 더 사랑하도록 만들어줍니다.

부부를 대상으로 하는 심리치료 기법 중에는 '서로 사이가 좋은 듯 행동하기'라는 것이 있습니다. 마음으로는 그렇지 않더라도 사이가 좋은 것처럼 행동하려고 노력하면 실제로 갈등이 풀리고 사랑을 되찾게 된다는 것이 핵심 원리입니다. 제가 내담자들에게 제안하는 '미워도 손잡고 자기'와 다르지 않습니다.

사랑은 그 존재 자체를 확인할 수 있는 방법이 없습니다. 그 사람이 나를 사랑하는지 내가 확인할 수 없다는 뜻입니다. 반대로 내가 그를 진정으로 사랑하는지 역시 직접 확인시켜줄 방법이 없습니다. 사랑이 있는지 없는지, 그리고 그것이 어느 정도인지는 간접적인 증거를 통해 추측할 수 있을 뿐, 우리는 알지 못합니다.

간접적인 증명 중에 가장 강력한 것이 말입니다. 말로 표현되지 않는 사랑을 확인하기란 불가능합니다. 그렇기 때문에 아무리 상대를 사랑해도 그것이 표현되지 않으면 상대는 자신을 사랑하지 않는다고 인식할 수밖에 없습니다. 그래서 사랑하는 사이에선 하지 않고 남겨두는 말이 없도록 해야 한다고 하는 것이겠지요.

인간은
타인의

기억 안에서
존재한다

나이가 들수록 다른 사람들에게 잊히는 것을 두려워합니다. 어쩔 수 없다고 초연하게 받아들이라고 하지만 그것은 불가능합니다. 유한한 삶을 극복하는 유일한 길은 타인의 기억 속에 자신을 영원히 남겨두는 것이기 때문입니다. 역사 속 인물도 따지고 보면 후대의 기억 속에 남아 있는 인물입니다. 사람은 누구나 역사 속에 남고 싶어 합니다. 거창한 역사가 아니라 내가 사랑하는 가족의 기억, 친구의 기억, 그리고 세상의 기억 속에 자신을 남기고 싶어 합니다.

중년이 되면 누군가와 함께하기를 바라는 마음이 커집니다. 단순히 외로움을 달래기 위해서라기보다 죽음이라는 시간의 유한성을 다른 사람을 통해서 해결하고자 하는 시도입니다.

> 관계 공부 <

자신이 죽은 뒤에도 타인의 기억에 남아 영원히 살고자 하는 욕망 때문이기도 하고요. "우리가 죽은 뒤에도 다른 이들의 마음속에 살아 있다면 그것은 죽은 것이 아니다"라고 말하는 이유이기도 합니다.

이혼하고 남부럽지 않게 살고 있는 중년의 내과 의사 연주 씨를 상담했습니다. 진료만으로도 바쁠 텐데 그녀는 다른 부업도 병행하고 있었습니다. 운동도 매일 규칙적으로 한 시간씩 하고 여름에는 스쿠버다이빙을 즐기고 겨울에는 스키를 즐기고 있었습니다. 함께 살던 아들은 한 달 뒤 영국으로 유학을 간다고 했습니다. 지금까지 혼자서도 잘 산다고 믿었는데 지금은 그렇지 않은 것 같다고 했습니다.

"혼자 지내는 것이 편하다고 생각했는데 감정적으로는 허기져 있는 것 같아요. 그렇다고 새로운 사람을 만나는 것도 두렵다 보니 혼자 지낼 수밖에 없었죠. 요즘은 불안해요. 특히 혼자 있으면 '내가 아프면 누가 챙겨주나, 갑자기 쓰러지기라도 하면 누가 나를 병원까지 데려다줄까? 아무도 나를 찾아주지 않아서 죽게 되면 너무 억울하지 않을까?' 하는 걱정이 자꾸 들어요. 죽음에 대한 생각이 떠올라 불안해요. 혼자 있지 않으려고 더 바쁘게 일해요. 아무것도 하지 않으면 나쁜 생각만 떠올라서 가만히 있지 못하겠어요."

중년의 심리적 발달 과제는 침체성을 이기고 생산성을 유지하는 것에 있습니다. 생산성은 자신의 사상과 가치, 존재의 의미를 다음 세대에게 물려준다는 개념입니다. 가족과 직장, 그리고 사회에서 책임을 가진 개인으로서 의미 있는 자취를 남기는 과제를 수행해야 하는 것이지요. 이런 사람은 죽음에 대한 공포에서도 자유롭습니다. 다음 세대를 위해 가치 있는 것을 남겨주었다는 인식을 갖기 때문에 죽음의 불안도 쉽게 잠재웁니다. 생산성의 심리적 과제를 해결하지 못하면 침체성에 머물게 됩니다. 자기 삶에는 더 이상 희망이 없다는 느낌이 찾아와 생의 의욕마저 잃게 됩니다.

스스로 아무리 훌륭한 삶을 살았다고 세상을 향해 소리쳐도 그것을 증명해줄 사람이 없다면 무의미합니다. 그래서 나이 들수록 '당신의 삶은 가치 있다, 당신은 괜찮은 사람이다'라는 말을 듣고 싶은 욕심이 커집니다. 다른 사람이 조금만 자신을 무시하거나 없는 사람 취급 하면 더 쉽게 상처받습니다. 나이 들수록 잘 삐친다고 하는 것도 이런 이유 때문입니다. 그런데 타인의 기억 속에 남고 싶으면 더 많이 열려 있어야 합니다. 관대한 사람일수록 다른 사람의 마음에 더 쉽게 각인됩니다.

내가 죽으면 다른 사람의 기억 속 내 인생만 남습니다. 젊었을 때는 성공하고 높이 오르기 위해서 다른 사람과 끊임없이 다투고 경쟁했다 하더라도 마흔이 넘으면 달라져야 합니다. 마흔이 넘어서도 여전히 다른 사람을 쓰러뜨리고 자신만 서려고 하거나 무능하고 뒤처진 사람들을 함부로 무시하거나 경쟁에서 이기기 위해 다른 사람을 모함하고 권모술수를 일삼고 있다면, 그 사람은 죽고 난 뒤 다른 사람의 기억 속에 '싸움꾼, 난봉꾼, 무례한'으로 영원히 남게 됩니다.

모든 세대가 고민을 털어놓고 싶어 하는 사람이 있다면 그가 진정한 중년입니다. 마흔 이후는 다른 사람의 고통에 대해 진심으로 귀 기울여야 하는 시기입니다. 고통받는 사람에게 따뜻한 위로를 전해주고 지친 사람에게 마음 한 자리를 내어주고 우왕좌왕하며 어디로 가야 할지 몰라 하는 이들에게 길을 보여줄 수 있어야 합니다.

인간은 자기 자신에게만 몰두하면 불행해집니다. 행복한 사람은 자기보다 다른 사람을 더 많이 생각하고 타인과 세상에 에너지를 쏟습니다. 사람과 세상에 대한 관심이 줄어들면 생기를 잃습니다. 살맛은 세상을 향해 나를 던져넣을 때 생기는 법입니다. 마흔이 넘어 '나는 누구인가'에 대한 고민도 필요하겠지만 나를 둘러싼 사람들에게도 더 많은 에너지를 쏟아야 합니다. 인간은 자신을 벗어난 무언가에 헌신할 때 비로소 진정한 자기를 깨닫는 존재입니다.

마흔, 마음 공부를 시작했다

초판 발행 · 2019년 10월 11일
초판 6쇄 발행 · 2022년 2월 15일

지은이 · 김병수
발행인 · 이종원
발행처 · (주)도서출판 길벗
브랜드 · 더퀘스트
출판사 등록일 · 1990년 12월 24일
주소 · 서울시 마포구 월드컵로 10길 56(서교동)
대표전화 · 02)332-0931 | **팩스** · 02)323-0586
홈페이지 · www.gilbut.co.kr | **이메일** · gilbut@gilbut.co.kr
대량구매 및 납품 문의 · 02)330-9708

기획 및 책임편집 · 허윤정(rosebud@gilbut.co.kr) | **디자인** · yoona | **일러스트** · 홍자혜
제작 · 이준호, 손일순, 이진혁 | **영업마케팅** · 한준희 | **웹마케팅** · 이정, 김선영
영업관리 · 김명자 | **독자지원** · 송혜란, 홍혜진

교정교열 및 전산편집 · P.E.N.
CTP 출력 및 인쇄 · 예림인쇄 | **제본** · 예림바인딩

ISBN 979-11-6050-923-6 03180
(길벗 도서번호 040104)

정가 16,000원

독자의 1초까지 아껴주는 정성 길벗출판사

(주)도서출판 길벗 | IT실용, IT/일반 수험서, 경제경영, 인문교양 · 비즈니스(더퀘스트), 취미실용, 자녀교육 **www.gilbut.co.kr**
길벗이지톡 | 어학단행본, 어학수험서 **www.gilbut.co.kr**
길벗스쿨 | 국어학습, 수학학습, 어린이교양, 주니어 어학학습, 교과서 **www.gilbutschool.co.kr**

페이스북 **www.facebook.com/thequestzigy**
네이버 포스트 **post.naver.com/thequestbook**